Léo Malet

DER LETZTE ZUG VON AUSTERLITZ

Kriminalroman

Aus dem Französischen von
Bettina Wiengarn
Nachwort Phil Casoars

Edition Nautilus

Editorische Notiz: Léo Malet, geb. 1909, Vagabund, Surrealist, Chansonnier, Verfasser von über 50 Kriminalromanen, lebt bei Paris. Die Originalausgabe des vorliegenden Romans wurde unter dem Titel *Le dernier train d'Austerlitz* 1948 in Paris erstveröffentlicht. Vom selben Autor erschienen bei Nautilus: die *Schwarze Trilogie: Das Leben ist zum Kotzen* (Bd. 1), *Die Sonne scheint nicht für uns* (Bd. 2), *Angst im Bauch* (Bd. 3), der Krimi *Im Schatten der großen Mauer* sowie Malets Autobiographie *Stoff für viele Leben*, in der die historischen Bezüge dieses Romans detailliert geschildert sind. Umschlaggestaltung: Maja Bechert, Hamburg.

Edition Nautilus Verlag Lutz Schulenburg
Am Brink 10 · D-21029 Hamburg

1. Auflage 1995 · ISBN: 3-89401-240-4
Printed in Germany

Vorbemerkung des Autors

Im Gegensatz zur üblichen Formulierung sind in diesem Roman nicht alle Personen frei erfunden – auf daß Gott, oder der Teufel, die seinen erkenne.

Der Leser möge mir jedoch die Ehre erweisen, zu den gänzlich fiktiven Figuren der Geschichte die von Philippe Gronard zu zählen. Nur böseste Absicht könnte in ihm ein Symbol für die Zunft der Verleger sehen wollen.

Prolog

I

Es war wie in einem Stummfilm.

Hinter der Glasscheibe gingen die beiden Männer in grauem Kittel schweigend hin und her. Ihre Lippen bewegten sich; ich hörte keinen Laut. Sie machten sich an einer schweren Tür mit stählernem Knauf zu schaffen und zogen in dieser wattigen Atmosphäre aus einer Nische einen braunen Holzsarg, den sie vor mir abstellten. Ich stand auf der anderen Seite des Fensters auf einem tiefergelegenen Podest, das für Besucher wie mich dort installiert war. Einer der städtischen Angestellten hob den Deckel hoch, und vor mir erschien ein menschlicher Rumpf.

Ein ausgedehnter Aufenthalt im Wasser eines Flusses hatte ihn nicht ansehnlicher gemacht. Die Haut schimmerte zugleich aschfahl und grünlich. In Herzhöhe war eine dunkle Narbe zu sehen: die der Wunde, durch die der Dolch eingedrungen war und die sich wieder geschlossen hatte. Auf ein Zeichen des Arztes, der mich begleitete, zog der Angestellte des Leichenschauhauses aus dem Sarg zwei Hände, die für die Autopsie abgeschnitten worden waren.

Seltsam! Es hatte noch nicht gereicht, daß die Folterer von Karl Verden ihm Beine und Kopf zerschmettert hatten. Die Suche nach seinen Mördern hatte erfordert, daß der Gerichtsmediziner deren Werk vollendete. Aufmerksam betrachtete ich jene Hände, die der Mann im grauen Kittel gleichgültig herumdrehte und mir von jeder Seite zeigte. Sie waren lang und schmal, aristokratisch fein, mit ebenmäßig geformten Spatelfingern, deren Kuppen durch den körperlichen Verfall wie abgewischt waren. Die linke Handfläche wies zahlreiche Wunden auf. Ich drehte mich zu dem Arzt um, der mich fragend ansah:

– Was den Rumpf betrifft, erklärte ich, entspricht er sehr wohl dem eines Mannes von der Statur Karl Verdens. Ich nehme aber an, daß das nicht reicht. Die abgetrennten Hände hingegen ...

– ... sind unbestreitbar die von Karl Verden, Herr

Richter. Da ist kein Zweifel möglich.

Der Untersuchungsrichter wandte mir ein lächelndes Gesicht zu und begann mit einem Bleistift zu spielen:

– Alle Leute erzählen mir von Verdens Händen. Waren sie denn so charakteristisch?

– Sehr. Karl Verden war von schwerer und plumper Gestalt. Ich versichere Ihnen, daß man beim Anblick seiner Hände sehr überrascht war, so sehr kontrastierten sie mit seinem übrigen Aussehen. Es waren schmale und gepflegte Hände, Frauenhände, mit langen, feingliedrigen Spatelfingern, deren Nägel er wegen seiner Arbeit an der Schreibmaschine stets kurzgeschnitten hielt.

– Welch brillanter Vortrag, äußerte der Richter mit leicht sarkastischer Bewunderung.

– Ich bin Journalist, gab ich zurück. Eine der unverzichtbaren Eigenschaften für meinen Beruf ist die Beobachtungsgabe. Ich könnte Ihnen den ziemlich seltsamen und ganz offensichtlich weiblichen Ring beschreiben, den Verden am Finger trug, und Ihnen sagen ...

– Messen Sie dem Tragen dieses Ringes irgendeine Bedeutung bei?

– Ich glaube, er war ein Erinnerungsstück.

– Um auf die Hände zurückzukommen ..., sagte der Richter.

– Ich bin absolut überzeugt. Es sind die von Karl Verden.

– Sie waren beinahe zwei Monate im Wasser!

– Gewiß. Und doch hat das Wasser sie nicht bis zur Unkenntlichkeit verändert ... Und es ist höchst bedeutsam, daß genau zwei Monate, nachdem die Vermißtenanzeige bezüglich einer bestimmten Person bei Ihnen eingegangen ist, der Leichnam einer anderen Person aufgefunden wird, der dieselben Besonderheiten zeigt: nämlich einen kräftigen Körperbau und beinahe feminine Hände. Und außerdem ...

– Und außerdem?

– Eine Handfläche weist zahlreiche Verletzungen auf. Der Gerichtsmediziner hat mir eben gesagt, daß sie von Messerstichen stammen, die auf Abwehr- oder

Verteidigungsverletzungen hindeuten ...

– Das ist richtig.

– Diese zerstochene Hand ist die linke.

– Ja und?

– Karl Verden war Linkshänder.

Ohne sich eine Gefühlsregung anmerken zu lassen, legte der Untersuchungsrichter den Bleistift hin, blätterte in einer Akte, entnahm ihr ein maschinengeschriebenes Blatt und las vor:

– André Sébert, Größe 1,75 m. Für den von ihm ausgeübten Beruf sind die Hände von seltener Zartheit. Er gebraucht vorwiegend die linke Hand.

– Wer ist Sébert? fragte ich.

– Ein Metzgergeselle ... (Er betonte das letzte Wort. „Der Körper", hatte der Gerichtsmediziner gesagt, „wurde von einem Spezialisten zerlegt: einem Chirurgen oder Metzger") ... ein Metzgergeselle, der seit dem 14. Juli verschwunden ist, d.h. zur selben Zeit wie Karl Verden. Die Schwester von Sébert hat ihren Bruder an den in Gargenville herausgefischten Überresten erkannt.

– Ist diese Zeugenaussage frisch?

– Sie stammt von heute morgen. Sie war mir bekannt, als Sie um eine Besuchserlaubnis für das gerichtsmedizinische Institut gebeten haben. Ich wollte Sie nicht entmutigen. Alarmiert durch die Beschreibungen, die die Presse von dem aus der Seine gezogenen Rumpf gebracht hatte, hat Mademoiselle Sébert darum gebeten, ihn sehen zu dürfen. Das Ergebnis habe ich Ihnen gerade mitgeteilt. Darüber hinaus ist der Gerichtsmediziner sehr genau. Der Körper, zu dessen Untersuchung er gerufen wurde, lebte seit mindestens zwei Monaten nicht mehr. Vor sechs Wochen aber ...

Ich wußte von dem blauen Durchschlagpapier, das er aus seiner Akte ziehen würde. Rudi Baumeister hatte mir davon erzählt.

– ... vor sechs Wochen erhielt Kurt Sobelmann, ehemaliger Abgeordneter des Reichstages und eine der führenden Persönlichkeiten der Emigration, der jetzt in der Schweiz lebt, diesen auf den 30. Juli datierten und am

31. Juli in Straßburg aufgegebenen Brief. Er bezeugt den Bruch Karl Verdens mit seinen Genossen und seine Aussöhnung mit dem Hitlerregime.

– Dieser Brief ist eine Fälschung, rief ich aus.

– Aber Karl Verden benutzte solches Papier sowohl für seine persönliche Korrespondenz als auch bei seinen Sekretärsarbeiten für Emigrantengruppen.

– Ja, aber absolut jeder kann sich solches Papier besorgen. Außerdem ist dieser unsinnige Text mit der Schreibmaschine geschrieben.

– Die Unterschrift ist handgeschrieben. Sie wurde mit zahlreichen Proben verglichen, die uns Monsieur Rudolph Baumeister übergeben hat, und sie scheint authentisch zu sein.

– Eine Unterschrift kann man so nachahmen, daß sie jedem Gutachten trotzt ... Sie kann auch gewaltsam erzwungen worden sein ... Das ist einfacher als ein langer Text ... Den schreibt man mit der Maschine.

– Auf der Maschine, die Verden gehörte?

– Ein guter Witz! Sie ist mit ihm verschwunden.

– Dieser Umstand spricht kaum für eine Entführung.

Stille trat ein. Am Ende des Tisches flitzte die kratzende Feder des Schreibers übers Papier. Vor dem Fenster sah ich die Bäume des Boulevard du Palais. Vom September bereits entlaubt, zitterten sie im regenschweren Wind. Der Untersuchungsrichter hatte seinen Bleistift wieder aufgenommen und drehte ihn zwischen den Fingern.

– Dieser Brief ist eine Fälschung, beharrte ich. Selbst wenn Karl ihn vor meinen Augen geschrieben hätte, würde ich diese Behauptung aufrechterhalten. Es ist psychologisch unmöglich. Sich dem Hitlerregime anschließen, obwohl seine Lebensgefährtin in einem Lager zu Tode gefoltert wurde und er selbst in Abwesenheit zum Tod durch Kopfabschlagen verurteilt wurde? ... Ich glaube, daß das Urteil vollstreckt worden ist, fügte ich hinzu.

– Hören Sie, sagte der Richter, indem er sich mit seinem Sessel drehte. Die Psychologie überlasse ich den Schriftstellern. Ich halte mich an Fakten, nur an Fakten. Hatte Karl Verden Feinde?

– Ja. Mächtige Feinde.

– Welche?

– Die Gestapo.

Als sei er in Gedanken versunken, wandte der Richter die Augen zur Decke, um mir dann zu sagen, daß er in keinster Weise einsehe, welches Interesse diese politische Polizei an der Vernichtung eines Individuums wie Karl Verden haben könnte. Immerhin gebe es unter den zahlreichen deutschen Flüchtlingen sehr viel bedeutendere Persönlichkeiten.

– Karl Verden gehörte zu ihnen, führte ich aus. Er war Anarchist. So etwas gab es auch in Deutschland, so ungewöhnlich das scheinen mag. Bei Hitlers Machtantritt ging er über die Grenze. In Frankreich stellte er sich einem sozialdemokratischen Zentrum zur Verfügung. Während der letzten in seiner Heimat verbrachten Tage hatte er einiges über die Nazi-Provokationen im Ausland erfahren. Er beschloß, dagegen zu kämpfen, und baute eine Art Gegenspionage auf, deren Seele er war; dabei teilte er die Risiken mit einem überaus sicheren Verbindungsmann, seinem eigenen Bruder, der in Deutschland geblieben war. Wo immer er in Europa war, widmete er sich der Enttarnung von militanten Revolutionären, die von Berlin gekauft worden waren, genauso wie im Jahre 1908 Vladimir Burcev gegen die Ochrana. Aber genau wie die Ochrana ist die Gestapo imstande, ihre Feinde zu erkennen und zu schlagen. Vor zwei Monaten ist Verden verschwunden. Und heute, im Leichenschauhaus ... Er ist es, ich versichere es Ihnen. Hitleragenten, deren Enttarnung Ihre Aufgabe ist, haben ihn exekutiert, hier, mitten in Frankreich; sie haben ihn in Stücke geschnitten und seinen verstümmelten Körper in die Seine geworfen ...

Es wurde Zeit, daß ich den Mund hielt. Ich war in den Tonfall öffentlicher Versammlungen gerutscht. Mit kalter Stimme beruhigte mich der Richter etwas:

– Nichts von all dem ist bewiesen.

Ich zuckte mit den Schultern. Der Richter machte eine vage Handbewegung. Der Schreiber hielt mir eine Abschrift meiner Aussage hin. Ich unterschrieb und erhob mich. Der Richter stand ebenfalls auf:

– Ganz offen gesagt, glaube ich nicht, daß das, was wir den „Rumpf von Gargenville“ nennen, Ihr Genosse ist. Die Wahrscheinlichkeit, daß es die Überreste von Sébert sind, ist unendlich viel größer ... Auf Wiedersehen, Monsieur Refreger. Und da Sie ein Mann der Feder sind ... Sie sollten sich einmal an einem Kriminalroman versuchen. Sie scheinen eine große Begabung dafür zu haben.

Er schloß die Tür seines Zimmers mit einem seltsam spöttischen Lächeln. Ich hatte verstanden.

II

Rudi Baumeister verstand weniger schnell, so wenig vertraut wie er mit dem Französischen war. Auf einem durchgesessenen Sofa sitzend, unter dem ein Teil von Karls Archiven lagerte, wandte er seinen großen schwerfälligen Kopf in meine Richtung und sah mich hinter der goldeingefaßten Brille mit mißtrauischen Augen an.

– Man erstickt hier, hatte ich gesagt.

Es war keine Anspielung auf die Temperatur, die eher frisch war, selbst in diesem winzigen Zimmer. Der Typ, den ich in Rudis Begleitung vorgefunden hatte, sprach unsere Sprache perfekt und war mit ihren subtilsten Feinheiten vertraut. Um meine paar Wörter zu erklären, begann er eine lange Rede auf deutsch. Er war ein junger, blonder Mann von kräftiger Statur. Sein Gesicht war das von Karl Verden, abgesehen von der Brille. Ein Rosenkranz von Flüchen, die Rudi Baumeister zwischen seinen dicken Lippen hervorstieß, ebenso wie ein erschrecktes Aufblitzen in seinen blassen Augen, zeigten mir, daß er meinen Ausdruck verstanden hatte.

– Es ist so, bestätigte ich. Ich frage mich, ob ihr gut daran getan habt, der Katze die Schelle anzuhängen ...

– Die „Tschelle“? kläffte Rudi.

Es mußte wieder übersetzt werden. Danach blieb er regungslos sitzen, während Hans Wilhelm Verden in deutscher Sprache die üppigsten und gotteslästerlichsten Flüche abließ. Schließlich hörte er auf und kam wieder zu Atem:

– Sie haben ihn getötet, sagte er an mich gewandt, die Lippen von einem wilden Grinsen verzerrt. (Vor Aufregung sprach er mit einem leichten Akzent.) Er war es, nicht wahr?

– Er „ist" es, antwortete ich.

Mit einem scheppernden Lachen begann er, an den Fingern abzuzählen:

– Den Vater haben sie während eines Streikpostens erledigt. Meine Schwester wurde in Moabit erschossen. Else, Karls Lebensgefährtin, haben sie zum Krepieren ins Teufelsmoor geschickt. Von ihr blieb ihm nur jener goldene Ring mit dem E als Initial. Und jetzt haben sie ihn auch getötet. Und all das bleibt ungesühnt ... *Donnerwetter* ...

Er ging zum Fenster und sah durch die dreckigen Scheiben in den Hof. Als Einleitung zu meinem Abschied stopfte ich meine Pfeife.

– Ich werde sie finden, grollte Hans zwischen den Zähnen. Ich werde sie für all diese Verbrechen bezahlen lassen. (Er drehte sich um) ... Wie können Sie uns helfen? fragte er.

– Ich habe getan, was ich konnte, antwortete ich. Nach der Identifizierung des Leichnams sind meine Möglichkeiten erschöpft. Da ist natürlich der Artikel, den ich für meine Zeitung schreiben werde, ich denke aber, daß ich nicht alles sagen kann. (Ich begann zu lachen) ... Der Richter hat mir geraten, Kriminalromane zu schreiben. Ihr werdet mich doch jetzt nicht etwa darum bitten, den Privatdetektiv zu spielen, oder?

Ohne zu antworten, ließ er sich neben Baumeister fallen. Ich schüttelte dessen schlaffe Hand.

– Wann fahren Sie zurück? fragte ich Hans.

– Heute abend. Zum ersten Mal kehre ich ohne Material zurück. Der Verbindungsmann zog einen Gegenstand aus seiner Tasche und polierte ihn an seinem Hemdsärmel. Es war ein Anstecker mit Hakenkreuz. Dieses Abzeichen würde, nachdem die Grenze einmal überschritten war, das Knopfloch von Otto Mullnitz schmücken, Geschäftsreisender und Mitglied der Partei. Ich wußte nicht, wie man

„gute Reise" auf deutsch sagte und murmelte:

– „Auf Wiedersehen".

Und wir sollten uns wiedersehen, in der Tat!

Ich ging ins *Café de Flore.* Marcel Lepain und Paul Fournier, zwei meiner Freunde, diskutierten über Pferderennen. Ich unterbrach ihre Unterhaltung:

– Ich komme gerade vom Leichenschauhaus, sagte ich zu Lepain. Ich war als Zeuge dort, um einen Blick auf den in Gargenville herausgefischten Rumpf zu werfen. Es ist der von Karl Verden.

– Wie?

Lepain sprach noch nicht so lange Deutsch wie ich, aber genauso gut. Er war baff.

– Kein Zweifel, sagte ich, wobei ich mich hinsetzte. Das Seltsamste ist, daß das dem Richter nicht zu gefallen scheint. Er glaubt, daß ich bluffe ... oder tut so, als ob er glaubt, daß ich bluffe. Es scheint, daß eine Frau die Überreste ihres Bruders wiedererkannt hat ...

Ein neben den Untersetzer abgestelltes Glas hatte auf dem Tisch einen feuchten Abdruck hinterlassen. Mit dem Finger vergrößerte Marcel Lepain den Kreis.

– Sag mal, sagte er plötzlich mit zusammengekniffenen Augen, ist es wirklich Karl?

– Ja.

– Wenn ich ihn nun auch erkennen würde, würde das den Richter nicht vielleicht umstimmen?

– Das ist sehr freundlich, aber ich glaube, es ist besser, die Sache zu vergessen.

– Salut, sagte jemand hinter meinem Rücken.

Es war der Maler Victor Baratet. Er war groß und kräftig und zerquetschte uns mit seiner nervösen Pranke die Hände.

– Worüber habt ihr gesprochen? erkundigte er sich.

– Über Karl Verden.

– Wer ist das?

– Ein Typ, antwortete Marcel, ohne mehr zu verraten.

Unter seinem Finger nahm der nasse Fleck die ungefähre Form eines Pferdekopfes an, und er sprach nicht mehr von der Affäre Karl Verden.

Er war nicht der einzige, der nicht mehr darüber sprach. Nach und nach machte der „Rumpf von Gargenville" brennenderen Ereignissen Platz – oder weniger brennenden, je nachdem, was man darunter versteht. Letztendlich handelte es sich wieder einmal um einen Deutschen, und die Deutschen waren auf den Titelseiten der Zeitungen sowieso unter sich.

Der Krieg begann; erst der „komische", dann, im Mai 1940, der andere, weniger amüsante. Als Gefangener wartete ich mich lange Monate hindurch hinter den Stacheldrähten eines Stalags zu Tode, zwischen Bremen und Hamburg, in jener Gegend Deutschlands, die „Teufelsmoor" genannt wird, und wo neben anderen Gesinnungsgenossen von Karl Velden auch Else gestorben war, seine Gefährtin.

... Und ich dachte oft an den Untersuchungsrichter. Die Erinnerung an diesen ehrwürdigen Beamten war der Grund dafür, daß ...

Kapitel I
Der unterbrochene Roman

Raoul Dekruyssen war mir ziemlich schleierhaft. Ich wußte lediglich, daß er den erlesenen Beruf eines Juweliers ausübte und eine Kugel vom Kaliber 7,65 seinem noch sehr jungen Leben ein Ende gesetzt hatte. Ungefähr zehn Minuten nach seiner Geburt, immerhin aber im ehrwürdigen Alter von fünfzig Jahren.

Von B. wußte ich überhaupt nichts.

Außer daß er B. hieß, daß in einer seiner Taschen eine Postkarte steckte, auf der das Viadukt von Garabit zu sehen war, und daß dies eines Tages ans Licht kommen würde. Wann? Geheimnis. Für mich war B. bisher nur B. Bis jetzt beschränkte sich sein Name auf diesen Buchstaben.

Genausowenig wußte ich, was die erwürgte Katze bedeuten sollte, die Madame Dubois mit der Post erhielt, und auch der lachende Blinde blieb ähnlich unklar, möglicherweise, weil er nur bei Nebel auftauchte.

Das junge Mädchen hieß Suzanne. Dieser Vorname war aber noch nicht endgültig. Sie war blond und erstaunlich schön. Inwieweit sie an der Ermordung des Juweliers beteiligt war, stand noch nicht eindeutig fest. Unklar war auch, ob ihr Geliebter der Polizeiinspektor mit dem dünnen Schnurrbart war, der aus Zensurgründen elegant und ritterlich zu sein hatte, oder der sympathische Strolch, der in der Geschichte etwa im zweiten Kapitel auftaucht, ein wenig wie das Haar in der Suppe.

Der ironische Ratschlag, den mir im Jahre 1938 ein Untersuchungsrichter achtlos erteilt hatte, war nicht auf taube Ohren gestoßen. Im Schatten der Wachtürme war er herangereift. Nach meiner Entlassung war ich nach Paris zurückgekehrt und hatte mit dem Schreiben von Kriminalromanen begonnen.

Diese Tätigkeit machte mir Spaß. Als Feind jedweden vorgefaßten Plans versank ich im Nebel, häufte Sensationen und Geheimnisse an, bis ich im letzten Moment den Mörder entdeckte. In den meisten Fällen war der, den ich überführte, jemand, an den ich am wenigsten gedacht hatte. Ich frage mich sogar, ob ich im Eifer des Gefechts nicht manchmal sogar Unschuldige verurteilt habe, aber besser, ich denke nicht allzuviel darüber nach.

Und an einem Augustmorgen des Jahres 1944 dachte ich tatsächlich kaum daran.

Voller Vertrauen in meinen Einfallsreichtum verfolgte ich mit der Gelassenheit eines Oberstaatsanwaltes, dem es auf ein paar Justizirrtümer nicht ankommt – allerdings wurde meine Gelassenheit ganz hübsch von Halsschmerzen beeinträchtigt –, die Fertigstellung von *Das dreifache Geheimnis von Auteuil*, ein mehr oder weniger gepfefferter Kriminalroman. Eine nahe Uhr hatte gerade sechs mal geschlagen. Die Sonne flutete in mein Arbeitszimmer; die Tasten meiner Schreibmaschine, auf der meine Finger sich tummelten, glänzten:

... Vorsichtig schlug Suzanne den Weg ein ...

Ich ließ die Sache in der Schwebe. An der Tür klingelte jemand. Es war die Post. Aus Loir-et-Cher, wohin sie mit dem Kind zur Erholung gefahren war, schrieb mir Simone, daß das Kind erkrankt sei. Nichts Ernstes zwar, angesichts der Unmöglichkeit aber, sich in dem Département die notwendigen Medikamente zu beschaffen, sandte meine Frau mir das Rezept. Vielleicht hätte ich ja mehr Erfolg, wenn auch nicht in Fontenay-aux-Roses, wo wir wohnten, so doch zumindest in Paris. Ich sollte auf den Eilbrief schnell reagieren und die Medikamente, sobald ich sie bekommen hätte, per Päckchen abschicken.

Der Brief hatte sechs Tage gebraucht, um mich zu erreichen. Seit drei Tagen nahm die Post keine Pakete mehr an, da die militärische Lage langsam zum Kessel wurde, seitdem Deutsche und Yankees aufeinander einprügelten. Ich brachte das Rezept unserem Hausapotheker. Er versprach mir, die Produkte mit den barbarisch klingenden Namen innerhalb von vierundzwanzig Stunden zu besorgen. Ich nutzte die Gelegenheit, bei dem Pillendreher ein Anti-Grippe-Mittel zu erstehen. Mitten im August war ich erkältet, und meine Nase sprudelte wie eine Fontäne. Im Krieg beobachtet man alle möglichen seltsamen Phänomene. Dennoch glaube ich, daß der Krieg mit meinem Zustand nichts zu tun hatte. Ich hatte mir das wohl während eines Besäufnisses eingefangen.

Ich ging zur Post, um mir bestätigen zu lassen, daß keine Päckchen mehr abgingen, und um mit dem Austerlitz-Bahnhof zu telefonieren. Beflissen und mit spitzer Stimme rezitierte mir eine Angestellte den Fahrplan. Nach Vendôme ging abends um zwanzig Uhr ein Zug. Aber wie lange noch?

Ich verließ die Post mit dem festen Entschluß, den nächstbesten Zug zu nehmen, sobald ich die Medikamente hätte, selbst wenn dieser Zug mich an einer Station absetzen würde, die von dem Ort, an dem meine kleine Familie residierte, weit entfernt lag. Doch um diesen Zug nehmen zu können, mußte ich erstmal anderswo was hernehmen. Denn natürlich war ich mir selbst treu geblieben und daher wie immer pleite. Ich ging die Bekannten durch, die eine monetäre Anzapfung möglicherweise standhaft ertragen würden, und beschloß, meine Operationen bei Suzanne Bertin zu beginnen. Sie war ein zu mutiges Mädchen, um auf den Wahnsinn meines Unternehmens zu pochen und Predigten zu halten. Sie liebte das Abenteuer. Ich könnte auf ihre Unterstützung zählen.

Kapitel II
Besuche

Ich war beim dritten Glas. Auf der anderen Seite des kleinen Tisches mit der Alkoholflasche stand Suzanne Bertin in einem rosa-schwarzen Negligé vor dem Fenster ihres Wohnzimmers. Zum Teufel! Warum hatte ich vor dem Krieg nichts zu sagen gewagt? Jetzt war es zu spät. Wir waren zu sehr befreundet. Ich beschränkte mich darauf, meinen Romanheldinnen ihren Vornamen zu geben, auch wenn ich sie auf den Druckfahnen wieder ändern mußte. Ich bedachte mich mit einem vierten Glas und nieste. Und dann auch noch dieser Sommerschnupfen, der wie gerufen kam! Ich schneuzte mich. Suzanne ging zu einem Sekretär und zog eine Schublade auf. Mit einem viermal gefalteten Schein kam sie zu mir.

– Hier sind tausend Francs, sagte sie. Ich bedaure, daß ich nicht mehr tun kann. Wird das reichen?

– Ich danke dir, sagte ich und steckte das Geld ein. Es wird nicht reichen, aber meine Aufmerksamkeit gilt nicht dir allein. Ich glaube nicht, daß ich schon vor morgen fahren kann. Bis dahin habe ich noch genug Zeit, ganz Paris abzugrasen.

Sie begann zu lachen:

– Um dir diesen Fußmarsch zu ersparen, wäre es vernünftiger, deinen Verleger um einen dicken Vorschuß zu bitten.

Ich protestierte, daß das nicht diplomatisch sei. Danach fragte sie mich, welche ... Opfer ich noch im Sinn hätte. Ich hatte keine Ahnung. Vielleicht Manuel? Sie zuckte mit den

Schultern. Er war ein Krösus meiner eigenen Kragenweite. Es sei vielleicht besser, bei Lepain vorbeizuschauen. Er verdiene sich auf dem Schwarzmarkt eine goldene Nase. Lepain? Ja, letztendlich würde ich vielleicht hingehen. Die Idee begeisterte mich nicht gerade. Die Reichsten sind nicht die Großzügigsten.

– Und Baratet? fragte sie.

– Baratet?

– Ja. Tausend Francs sind wenig, aber tausend plus tausend machen zweitausend.

– Sind wir hier in der Grundschule? lachte ich.

– Victor schuldet dir doch tausend Francs, oder nicht?

Das war eine alte Geschichte. Niemand wußte davon. Wie hatte Suzanne es erfahren? Ich fragte sie. Sie lachte wunderschön und antwortete mir, daß es ein Fehler gewesen sei, soviel zu trinken. Ob ich noch wüßte, was ich am Vortag gemacht hatte?

– Ich war blau.

– Wie ein Veilchen. Die Zusammenkunft im Café war wirklich reizend. Du hast Baratet beschimpft und dein Geld verlangt. Tausend Francs. Du bist ständig darauf herumgeritten. Man hatte Mühe, dir zu glauben. Dennoch hat Victor bestätigt ...

Victor! Konnte sie ihn nicht Baratet nennen? Ich goß mir nach und stürzte den Alkohol in einem Zug herunter. Ich spuckte etwas Grobes bezüglich der Verwendung der tausend Francs aus und sagte, daß ich nicht zu Baratet gehen würde.

– Warum? fragte Suzanne.

– Ich mag ihn nicht.

– Also wirklich, du sagst das mit einem komischen Gesichtsausdruck. Denselben hattest du schon gestern, als du ihn beschimpft hast ...

Sie kam näher. Ihr Lächeln war verschwunden. Sie beugte sich vor. Die Zipfel des Negligés teilten sich und enthüllten den betörenden Ansatz einer duftenden Brust:

– Nicht nur, daß du ihn nicht magst, du scheinst ihn sogar zu verabscheuen.

– Ich hasse ihn.

– Warum?

– Nur so.

– Was hat er dir getan?

Ich lachte böse.

– Mir ... nichts ... Aber dir ...

Ich sagte ihr unverblümt, was ich auf dem Herzen hatte.

– Was?

Sie zuckte zurück, richtete sich auf und zog instinktiv die Zipfel ihres Kleidungsstückes zusammen. Ihre grünen Augen spiegelten allertiefste Bestürzung. So hatte ich noch nie mit ihr geredet. Ich hatte sie verletzt.

– Was? wiederholte sie.

– Ich werde dir keine Zeichnung machen ... Bitte Victor darum. Er ist ja vom Fach. Ich bin nur ein Schwachkopf ...

Ich stand auf und näherte mich der jungen Frau. Ich hatte mich vorgewagt:

– ... Das ist das Ende, Suzanne, wir können offen sprechen. Tausende von Dummköpfen machen alles kaputt und reißen uns in ihrem Sturz mit runter. Ich betrachte mich als tot, und ich werde sprechen. „Der sprechende Tote", ein hübscher Titel für eins meiner Bücher. Ich liebe dich, seitdem ich dich das erste Mal sah; ich hasse Baratet, seitdem er dich das erste Mal sah ... Es war für mich nichts weiter als eine gewöhnliche Cafébekanntschaft. Als ihr zusammenwart, habe ich ihn immer umschwänzelt, um seine Freundschaft zu gewinnen. Oft mit ihm zusammen zu sein, hieß, oft mit dir zusammen zu sein ... Und deshalb habe ich ihm einmal Geld geliehen ... Und das ich, der ewig Abgebrannte ... Wirklich ein Witz! ... Es kann noch so sehr aus sein zwischen euch beiden, ich bin ihm immer noch böse ...

Wie vom Blitz getroffen schüttelte Suzanne traurig den Kopf. Ich wandte ihr brüsk den Rücken zu, packte die Flasche und setzte sie mir direkt an den Hals. Ohne bestimmten Grund steckte ich die Hand in die Tasche. Meine Finger spürten den knisternden Geldschein. Wütend warf ich ihn auf den Tisch:

– Hier, tobte ich, dein Geld!

Suzanne murmelte einen undeutlichen Satz. Ich knallte die Tür zu und wankte die Treppe hinab. Meine Besuche in Sachen Geld fingen ja schön an.

Marcel Lepain war nicht zu Hause. Daran war nichts Erstaunliches; schließlich war er wegen seiner Schwarzmarktgeschäfte oft unterwegs und blieb manchmal sogar tagelang weg.

Ich trat aus seinem Haus, als am Bordstein ein Automobil mit Windschutzscheibe einparkte, das mit allen erdenklichen Marken und Genehmigungsschildchen in französischer und deutscher Sprache bestückt war. Marcel Lepain hatte sich immer zu helfen gewußt. Vor allem seit dem Krieg. Er saß am Steuer, bekleidet mit einem Trenchcoat, den er vermutlich wegen des Staubes trug, denn an der Temperatur konnte es nicht liegen.

– Wie geht's? fragte er.

Ich teilte ihm meine Wünsche mit. Er runzelte die Stirn. Er hatte es satt, mein Bankier zu sein. Das war so sichtbar wie die Nase im Gesicht.

– Natürlich, stotterte ich, schulde ich dir jetzt beinahe schon zehn Riesen, ich hoffte aber ...

– Hier hast du fünfhundert Mäuse, sagte er und hielt mir einen Schein hin. Ich bedaure, aber mehr kann ich nicht tun.

Ich bohrte nicht weiter. In diesen unruhigen Zeiten gab man seinen Zaster schließlich nur ungern weg.

– Das wird reichen, sagte ich.

Ein bißchen beschämt trabte ich von dannen. Er hatte sich noch nicht aus dem Auto gehievt, als ich um die Straßenecke bog. Ich ging ins *Dôme*, um über einem Bier in Ruhe nachzudenken. Meine Schürfarbeiten hatten mir bisher lediglich fünfhundert Francs eingebracht. Das war mager. War ich etwa doch gezwungen, Suzannes Rat zu befolgen? Meinen Geldmangel meinem Verleger zu gestehen, behagte mir nicht sonderlich. Eher noch würde ich Baratet meinen Schuldschein unter die Nase reiben.

Bevor ich meine Lippen in ein zweites Glas Bier tauchte, schneuzte ich mich wütend. Dieser Schnupfen brachte mich langsam zur Weißglut. Mehr noch als mein widerspenstiges Feuerzeug. Schließlich begab ich mich mit brennender Pfeife, Bier im Bauch, freier Nase und von verschiedensten Gefühlen belebt zur Wohnung des Malers.

Genau wie die anderen Mieter war auch die Concièrge nicht im Treppenhaus. Sie würde „gleich" wiederkommen, versprach ein Zettelchen. Ohne jemandem zu begegnen, gelangte ich in die erste Etage.

Kapitel III
Der letzte Zug von Austerlitz

Philippe Gronard, mein Verleger, war eine geometrische Persönlichkeit: kantig in Geschäften und äußerlich rund. Er trug die Miene des Bürgers zur Schau, den so schnell nichts aus der Fassung bringt. In seinem roten Gesicht huschten hinter einer Hornbrille, die sein ausgezeichnetes Sehvermögen nicht nötig hatte, gewitzte Augen herum. Er stieß eine Rauchwolke zur Decke und stellte fest, daß ich verrückt geworden sei.

– Verrückt oder nicht, sagte ich, diese Reise muß gemacht werden.

– Und auf irgendeinem Weg werden Sie dann zwischen einem Feldgrauen und einem Kaki eingeklemmt, und während die beiden sich gegenseitig aus der Deckung beschießen, kriegen Sie die Prügel ab.

– Ich werde ja sehen. Auf jeden Fall fahre ich.

Meine Dickköpfigkeit ließ ihn aufstöhnen. Er nahm mein Gesicht unter die Lupe:

– Sie sind ganz schön blaß, bemerkte er. Ist das schon die Aussicht auf den Ausflug in die Feuerzone?

– Eher weil Sie wegen ein paar Tausendern so herumquengeln.

Er verknotete seine dicken Finger.

– Haben Sie gerade etwas in Arbeit?

– Dreieinhalb Kapitel. Und noch ein paar Notizen. Das Ganze heißt: *Das dreifache Geheimnis von Auteuil.*

– Nicht gerade berauschend als Titel. Aber schließlich können wir ihn ändern. Worum geht's?

– Um das fünfte Abenteuer von Bill Lantelme, meinem Privatdetektiv. Mehr weiß ich nicht.

– Natürlich kein Konzept, oder?

Diese Frage beleidigte mich beinahe. Ohne seine Zigarre aus dem Mund zu nehmen, begann Philippe Gronard sein Kinn zu massieren. Er überlegte:

– Ich werde Ihnen zweitausend Francs geben, sagte er schließlich. Gäbe es ein Konzept, und wäre es noch so unausgegoren, hätte ich mehr gezahlt. Aber bei drei Kapiteln plus Notizen ... Gut, gut, es wird gehen. Bringen Sie mir die Geschichte. Und wenn Sie bei dem Abenteuer Ihre Haut lassen, werde ich den Text so herausbringen. Als posthumes Werk ... Mit einem schönen Vorwort und einer Banderole, die Ihren Heldenmut preist ...

Ich erreichte meinen heimatlichen Vorort so schnell, wie es die öffentlichen Verkehrsmittel erlaubten. Im Vorbeigehen erwischte mich der Apotheker. Befriedigt sagte er mir, daß er das, was ich bräuchte, aus einem Schrank ausgebuddelt hätte. Ein echter Glücksfall. Er setzte mir die Medikamente auf die Rechnung. Ich sah auf die Uhr. Wenn ich mich beeilte, könnte ich den Zug noch heute abend schaffen. Eilig stopfte ich alles Nötige in eine Campingtasche, schnürte die für Gronard bestimmten Manuskripte zu einem Päckchen und ging ins Bistro hinunter, um ihn anzurufen:

– Ich fahre eher, als ich gedacht hatte, sagte ich. Die Texte liegen bei meiner Concièrge zu Ihrer Verfügung.

Danach wählte ich eine andere Nummer und äußerte den Wunsch, mit André zu sprechen.

– Sofort.

Ich vernahm ein wirres Gemurmel. Ein Grammophon näselte. Ich hörte, wie die Tür der Telefonkabine sich schloß und wie jemand sich räusperte, bevor er den Hörer nahm.

– Hallo, hallo, ja, sagte eine erstickte Stimme mit katalanischem Akzent ohne Punkt und Komma.

– *Salut* Etienne, sagte ich zu dem, den ich als André bezeichnet hatte. Immer noch auf der Suche nach einem

Asyl? (Seit den vergleichsweise friedlichen Zeiten von Primo de Rivera gab es keine Polizei, mit der Pedro Esteban nicht Versteck spielte.) Ja? Nun gut, du kannst dich bei mir niederlassen. Es ist ein ruhiger Vorort, und niemand wird dich dort suchen.

– *Gracias*, sagte Pedro Esteban.

Die große Halle des Gare d'Austerlitz war fast menschenleer. Auf einem Rollkarren sitzend, überlegte ein Träger, welchen anderen Beruf er ergreifen könnte. Außer zwei Schaltern waren alle übrigen geschlossen. Vor dem ersten, an dem normalerweise Fahrkarten verkauft wurden, stand keine Menschenseele. Vor dem zweiten drängten sich etwa fünfzig Personen, die sich ihre Billetts zurückerstatten ließen. Der Optimismus der Bahnangestellten mußte seit unserem Telefongespräch einen ganz schönen Dämpfer bekommen haben. Der Zug, der noch mittags nach Vendôme fahren sollte, war um sechzehn Uhr noch nicht über Orléans hinausgekommen. Beinahe überall explodierten die Gleise wie Knallfrösche. Und jetzt wurde bekannt, daß selbst Orléans unsicher war. Wenn der Zug Étampes erreichen würde, wäre das schon das Ende der Welt. Ich nahm ein Billet für dieses Ende der Welt. Marschieren und per Anhalter fahren schreckten mich nicht.

Ich ging auf den Bahnsteig. Der Zug bestand aus den miesesten Waggons, die ich jemals gesehen hatte: dreckig, mit kaputten Fenstern und nach Müll stinkend. Weiter vorn trieben sich deutsche Soldaten herum. In dem Haufen gab es einen Betrunkenen mit umgekehrt aufgesetzter Feldmütze.

Wir Zivilisten waren nicht sehr zahlreich. Vielleicht zehn.

Ich nahm in der Ecke eines leeren Abteils Platz, stellte meine Tasche vor mich, ohne zu fürchten, sie vor Mitternacht wieder hochnehmen zu müssen – dann nämlich sollten wir, wenn nichts dazwischen kam, unser Ziel erreichen –, und schlug, noch bevor ich mir eine Pfeife stopfte, die Abendzeitungen auf, mit denen ich mich eingedeckt hatte. Ich interessierte mich für alles andere als für militärische Operationen, doch schwiegen sich die Blätter über alles andere gründlich aus. Plötzlich erscholl ein Pfeifton. Türen knallten. Die Soldaten bellten etwas in ihrer Sprache. Der Zug fuhr stöhnend an.

Er verließ den Austerlitz-Bahnhof. Kein anderer sollte ihm mehr folgen. Er war der letzte, der von Paris abfuhr.

Kapitel IV
Die Nachmittagsleiche

Es war noch dunkel.

Langsam schob sich der Zug durch eine feindliche Landschaft und stieß hin und wieder kurze Pfiffe aus, wie um sich selbst Mut zu machen. Wenn er im Getöse von knirschenden Bremsen und aufeinanderprallenden Puffern anhielt, erriet man die Bahnhöfe, ohne sie zu sehen. Dank der fehlenden Fenster drang der Fahrtwind in den Waggon. Er milderte die schwüle Atmosphäre, begünstigte die Heilung meines verteufelten und lächerlichen Schnupfens nicht, der seit einigen Stunden aber dennoch besser wurde.

Bald verspürte ich das Bedürfnis, mich zu schneuzen.

In meinen Taschen fand ich nur ein Taschentuch. Ich war sicher, am Morgen noch zwei gehabt zu haben: das, wie ich im Schein meines Feuerzeuges erkennen konnte, karierte, das ich in Händen hielt, und ein anderes, weiß mit einem malvenfarbenen Faden und sehr bezeichnenden Initialen in der Ecke: das, das ich verloren hatte.

Plötzlich ging mir ein Licht auf. Kalter Schweiß perlte auf meiner Stirn. *Es war neben Baratets Leiche liegengeblieben.*

Denn wenn Baratet mit Suzanne Bertin geschlafen hatte, so würde er das nie wieder tun. Er war tot; ein von hinten verabreichter Messerstich unter dem linken Schulterblatt hatte seinem Bohemièn-Leben ein Ende gemacht. Sein athletischer Körper ruhte im eigenen Blut auf dem Teppich seines Ateliers. Es sah nicht so aus, als ob man ihn schon entdeckt hätte. Jedenfalls fand sich in den Abendzeitungen kein Hinweis in dieser Richtung.

In meiner Eigenschaft als Sensationsschriftsteller hatte ich natürlich einiges Vergnügen daran, Personen um die Ecke zu bringen, denn schließlich lebte ich von ihrem Tod. Aber noch nie zuvor hatte ich eine Leiche mit solcher Befriedigung betrachtet.

Ich hatte die Sache nicht sofort begriffen. Dann fühlte ich, wie ich blaß wurde, und blaß war ich auch noch in Gronrads Büro gewesen. Ich hatte mich im Atelier umgesehen. An den Wänden schienen Bilder verschiedenster Stilrichtungen sich gegenseitig herauszufordern. Unter einer Radierung, die mir von Marcoussis zu stammen schien, lagen in einer Schale etwa fünftausend Francs. Ich hatte ... die Schale geleert ... Und ich war die leere Treppe wieder hinabgestiegen. Die Concièrge kam nach wie vor „gleich" wieder. Niemand hatte gesehen, wie ich das Haus verließ.

Dann hatte ich einen Plan geschmiedet und ausgeführt.

Durch Baratets Geld hatten sich alle weiteren Besuche erübrigt. Um die fünftausend Francs in meinem Portemonnaie zu rechtfertigen, hatte ich mich schließlich entschlossen, meinen Verleger um einen Vorschuß zu bitten.

Nervös stand ich auf und ging zwischen den beiden Bänken des Abteils hin und her, wobei mir die Idiotie und Leichtfertigkeit meines Verhaltens aufgingen. Ich war mit dem Taschentuch in der Hand zu Baratet gekommen. Es mußte mir dort heruntergefallen sein. Mir fiel kein anderer Ort ein, wo ich es hätte verlieren können.

Nach einer Weile hatte ich mich wieder etwas beruhigt. Jetzt, wo ich mich für eine unbestimmte Zeit von der Hauptstadt entfernte, näherte sich der Krieg mit Riesenschritten. In wenigen Tagen würde die Polizei besseres zu tun haben, als Mörder zu suchen und Indizien zusammenzuklauben. Zumindest hoffte ich das. Darüber hinaus ... Montparnasse wimmelte von hohen deutschen Dienststellen, und schließlich war die R.A.F. auch noch da.

Diese Aussicht heiterte mich etwas auf, und als mir

plötzlich einfiel, daß Fingerabdrücke auf Stoffen nicht nachweisbar sind, zündete ich gänzlich beruhigt eine Pfeife an.

Eingehüllt in die riesigen Dampfwolken der Lok, hielt der Zug plötzlich mitten in der Landschaft an. Durch das Holzgerippe der Waggons lief ein Beben.

Ich lehnte mich aus der Tür. Die Nacht war ruhig. Ein sanfter Wind wehte. Grillen zirpten. Im Westen färbte sich der Horizont vorübergehend blau und rot. Es waren weitentfernte Leuchtraketen oder Batterien der Luftabwehr in Aktion. Vom Himmel war keinerlei verdächtiges Geräusch zu hören. Etwas wie das Echo einer dumpfen Detonation – aber ich bin mir nicht sicher – drang zu mir. Dann kehrte wieder friedliche Stille ein.

Sie wurde von den deutschen Soldaten gebrochen, die sich zu streiten schienen. Schottersteine rollten unter Nagelsohlen. Auf dem Gleis neben uns erschienen zwei Männer. Einer von ihnen trug ein abgedunkeltes Windlicht. Sie murrten.

– Der besoffene Fritz hat die Notbremse gezogen, hörte ich.

– Seid ihr soweit? rief eine weitentfernte Stimme.

– Gleich.

Auf den Schwellen lief ein Mann. Nach einer Weile hievte sich derjenige, der die Laterne trug, in den Gepäckwagen am Zugende und schwenkte das Licht hin und her. Ein von menschlichen Lippen ausgestoßener Pfiff zerriß die Luft. Die Lokomotive spuckte. Wir fuhren weiter.

Kapitel V
Die Nachtleiche

Wir gelangten mit ziemlicher Verspätung zum Zielbahnhof. Wegen der Sperrstunde war es verboten, nach Étampes hineinzugehen, und der Bahnhof war vollgestopft mit verschlafenen Menschen. In den Wartesälen war kein Platz mehr. Trotz der geöffneten Türen war die Luft von der dicht zusammengedrängten Menge so verbraucht, daß man kaum atmen konnte. Ich rollte mich auf dem Bahnsteig in einer Ecke zusammen. Der Zementboden war schlimmer als die mieseste Matratze. Ich wechselte den Platz und setzte mich auf eine Treppe in der Nähe des Lampenraumes. Nach fünf Minuten hatte ich die Nase voll. Sitzen war kaum besser als Liegen. Außerdem kratzte sich mein Nachbar für meinen Geschmack zu viel. Hinzu kam, daß es unter dem großen Glasdach nicht gerade warm war.

Um mir die Beine zu vertreten, ging ich ein wenig herum und überschritt die Gleise auf der Suche nach einer geschützten Ecke. Ich versuchte es mit einer Bank. Nicht lange. Die Latten stießen mir in die Rippen. Und in wenigen Stunden stand mir ein Fußmarsch von etwa zweihundert Kilometern bevor!

Ich setzte mich hin, kaute ein Stück Brot und wackelte anschließend, die Pfeife im Mund, mit dem Kopf. Jemand setzte sich neben mich. Das Streichholz, das er anriß, um seine Zigarette anzuzünden, beleuchtete das verschlagene Gesicht eines Strolches. Er hatte sich auf gefaltete Säcke gesetzt und erwies sich als Schwätzer. Schnarrend begann er eine Unterhaltung:

– Ach! Verflucht, verflucht, verflucht! spuckte er.

Nach dieser energischen Einleitung entkorkte er eine Flasche, setzte sie sich lange an den Hals und schwang eine Rede. Wenn das kein Unglück war! Er kam aus Paris. Aus einem abgelegenen Winkel ... Saclas. Kennen Sie das? Nein? Macht nichts. In Saclas erwarteten ihn dreihundert Kilo Kartoffeln und ein Dutzend Hühner. Er wollte sogar versuchen, die Lieferung zu erhöhen, und hatte sich deshalb mit Knete versorgt. Wenn es in wenigen Tagen in Paris so laufen würde, wie es woanders gelaufen war, d.h. wenn nichts mehr zu Fressen da war, würde er mit seinen Kartoffeln Gold machen, jawohl, Gold. Und er würde garantiert nicht vor Hunger krepieren. Bis dahin krepierte er allerdings vor Durst. (Ein Greta-Garbo-Kuß auf die Flasche.) Er würde im Laufe des Tages wieder in Paris sein. Per Lastwagen. Zuviel Gepäck, um den Zug zu nehmen.

Aber ob jetzt noch Züge fahren würden? Die Eisenbahner sprachen davon, demnächst zu streiken. Aber Streik oder nicht, Zug oder nicht, er würde auf keinen Fall die Eisenbahn nehmen. An den Bahnhöfen gab's immer Schikanen. Selbst wenn alles in Ordnung ist. Der Beweis: Guter Gott, er hatte vorhin doch nichts angestellt. Trotzdem waren die Beamten gekommen, um Stunk zu machen. Er hätte ihnen ihren Zug schon nicht aufgefressen. Auf jeden Fall nicht, ohne was dazu zu trinken. (Auf seiner Literflasche trommelte er zum Angriff). Ach, verflucht! Wenn das kein Unglück war! So'n blöder Bauer vom Dorf und er, sein Wort drauf, das wären zwei Paar Stiefel! Schließlich war er vor dem Krieg Barmann gewesen. Zehn Minuten Einzelheiten über sein vergangenes Leben, damit ich begriff, daß er allerhand gesehen hatte. Anstatt wie die übrigen Tölpel aus dem Zug auszusteigen (ich wurde in seine Verachtung eingeschlossen), war er duselnd auf der Bank liegengeblieben. Bis die Angestellten gekommen waren und ihn rausgeschmissen hatten. Guter Gott, wenn das kein Unglück war! Und der Zug stand inzwischen nutzlos herum, auf einem Abstellgleis, neben dem kleinen Häuschen da, wenn man sich ein wenig vorbeugte, sah man ihn, und die Hornochsen da verurteilten uns dazu, die Nacht draußen zu verbringen. Ob das nicht wirklich unglaublich wäre?

Ich sagte, daß das in der Tat ein starkes Stück wäre und daß ich Lust hätte, mein Glück zu versuchen. Ich ließ den abgehalfterten Schieber sitzen, warf meine Tasche über die Schulter und ging in Richtung Abstellgleis. Bald befand ich mich vor dem Zug. Es war der, der mich aus Paris hergebracht hatte. Im gesamten Bahnnetz konnten unmöglich zwei von solch erbärmlichem Aussehen existieren. Einige Türen waren verriegelt. Andere nicht. Niemand trieb sich in der Umgebung herum. Ich kletterte in ein Abteil.

Mit der Campingtasche als Kopfkissen schlief ich ein.

Ich wachte auf, weil ich von der Bank geworfen wurde.

Noch ganz benommen richtete ich mich auf und stieß einen Fluch aus. Der Zug hatte sich in Bewegung gesetzt, und nur der Teufel wußte, in welche Richtung. Ich schnappte meine Tasche und stürzte zur Tür. Sie ließ sich nicht öffnen. Ich rannte ans andere Ende des Waggons. Und da stieß ich gegen etwas, das ausgestreckt auf dem staubigen Boden lag, etwas Hartes und Kaltes, über das ich gestolpert war.

Ich hatte noch Zeit gehabt, mir zu überlegen, daß das Individuum, das dort lag, nicht schlief, und daß es nur eine Leiche sein konnte. Die zweite an diesem Tag! Aber es erwartete mich eine noch größere Überraschung. Der Zug setzte seine langsame Fahrt fort. Er passierte eine Signallaterne, die ihr Licht in das Innere des Waggons warf.

Ich unterdrückte einen Aufschrei.

Die Leiche war eine Frau.

Und diese Frau ... war Suzanne Bertin.

Unter dem durchsichtigen Regenmantel trug sie ein grellbuntes Kleid, das ich sie oft tragen gesehen hatte. Ihre Haare waren zerzaust, und über ein Auge fiel eine blonde Strähne. Das andere starrte vor sich hin. Ihre Schultern ruhten in einer verdächtigen, bereits getrockneten Pfütze. Ihr rechter Schuh war voller Schlamm.

All diese Details hatte ich in der einen Sekunde wahrgenommen, als der Zug, der mittlerweile im Dunkeln hielt, an der schwachen Laterne vorbeigefahren war.

Ich legte keinen gesteigerten Wert darauf, in Begleitung der Toten angetroffen zu werden. Ohne mich zu fragen, aufgrund welcher Umstände sich Suzanne ermordet in diesem Zug befand, sammelte ich meine Sachen ein und schickte mich an, diesen ungesunden Ort zu verlassen. Während meines Sturzes hatte sich die Tasche geöffnet. Zwei oder drei Schachteln waren auf den Boden gerollt. Es ging nicht an, die Dummheit vom Nachmittag zu wiederholen und neben der Leiche kompromittierende Gegenstände liegenzulassen. Ich umwickelte meine Hände mit einem Handtuch und tastete zittrig nach meinen Habseligkeiten. Ich hatte keine Taschenlampe. Aus Vorsicht verzichtete ich auf den Gebrauch des Feuerzeuges.

Ich sammelte alles Herumliegende auf, schnürte meine Tasche und suchte schnellstens das Weite.

Kapitel VI
Das Gemälde und die Postkarte

Die Geschichte hatte mir einen ziemlichen Tiefschlag versetzt. Stundenlang war ich völlig fertig. Ich hatte Étampes verlassen, ohne es zu bemerken. Nicht etwa, weil ich völlig gedankenleer gewesen wäre. Etwas quälte mich, etwas überaus Wichtiges: die Leiche Suzanne Bertins, der die von Baratet galanterweise ein wenig Platz gemacht hatte. Ich vergaß sogar, per Anhalter zu fahren.

Außerdem rollten die Lastwagen, von denen es mehr als genug gab, in eine Richtung, die nicht die meine war. Mit Laub getarnt und voll von struppigen, demoralisierten Deutschen flohen sie von der Front.

Bremsen quietschten. Neben mir hielt ein Wagen. Die Insassen riefen mich. Ein Mädchen, die Haare vom Wind zersaust, stand auf der Ladefläche und begann zu lachen. Der zur Verpflegung von Paris abkommandierte Lastwagen fuhr nach Meung-sur-Loire. Der Fahrer verdiente sich ein hübsches Sümmchen, indem er unterwegs alles aufsammelte, was sich in diese Richtung zu bewegen schien. Ich hievte mich an die Seite des zersausten Mädchens.

In diesem „Autobus" befanden sich gut zehn Personen. Darunter Leute, die sich Verpflegung beschaffen wollten, ohne sich darum zu kümmern, ob sie auch wieder nach Hause zurückkehren könnten; andere flohen aus der von Einkesselung bedrohten Hauptstadt. Ein junger Mann in Reithosen und Stiefeln wollte sich der Résistance anschließen. Vielleicht ein bißchen spät.

Von Zeit zu Zeit hielt der Laster an und nahm einen Passagier auf. Als wir Orléans erreichten, ähnelte die Ladefläche einem Metrowaggon in Châtelet um sechs Uhr abends. Glücklicherweise warfen wir in Orléans den meisten Ballast an Reisenden ab.

Gegen zwei Uhr gelangten wir nach Meung-sur-Loire. Der Lastwagen würde auf jeden Fall nicht weiterfahren. Und wirklich hatten wir dem Chauffeur kaum das Geld für unseren Transport in die Hand gedrückt, als er von einem Zivilisten gerufen wurde, den zwei Wehrmachtsoffiziere begleiteten. Das Fahrzeug wurde beschlagnahmt. Ich packte meine Tasche zusammen und machte mich unauffällig davon. Man kann nie wissen.

Am Stadtrand nahm mich ein Gasthof auf, in dem ich eine üppige Mahlzeit zu mir nahm. Untermalt wurde sie vom Gejammer des Dienstmädchens, das sich ellenlang über den Krieg ausließ. Und dann drang ich frohen Herzens in die Beauce vor, eine Gegend, die ich Ihnen nur empfehlen kann, mit lauter reizenden und malerischen Straßen, die von Zeit zu Zeit von Telegrafenmasten belebt werden; eine Landschaft, die, mit etwas mehr Sonne und weniger Stacheldraht, seit dieser Reise für mich genausoviel Sex-Appeal besitzt wie die Ebene von Sandbostel (Deutschland), wo ich während langer Monate als Kriegsgefangener den Kaspar spielte.

Ich hatte, grob gerechnet, fünfundsiebzig Kilometer hinter mich zu bringen.

Am Samstag, dem 12. August, war ich immer noch unterwegs. Die Füße begannen mir weh zu tun, als das Rumpeln eines Heuwagens mich aufhorchen ließ. Ich hob den Arm. Der Fahrer hatte diese Geste gar nicht erst abgewartet und schon angehalten.

Es war ein braver rotgesichtiger Typ, der mir vorschlug, mich etwa zwanzig Kilometer weiter zu bringen. Während der Fahrt erzählte er mir sein Leben. Er war gerade bei den Wechselfällen seiner Schullaufbahn angelangt, als wir an unserem Ziel eintrafen.

Er hatte sich als Metzger in dem Dorf niedergelassen. Ich nutzte die Gelegenheit, um eine Wurst zu erstehen und setzte meinen Weg fort. Die Sonne brannte mörderisch. Gegen Mittag picknickte ich in einem Wäldchen. Die Wurst war vortrefflich, wenn auch ein bißchen schwer. Als Dessert wurde mir jedoch noch etwas sehr viel schwerer Verdauliches zuteil.

Ich wollte mir eine kleine Erholungspause gönnen und stöberte in meiner Tasche nach einem Buch. Dabei legte ich die Hand auf eine Leinwandrolle, an deren Besitz ich mich nicht erinnern konnte. Ich entrollte sie ... und die Pfeife fiel mir aus dem Mund. Es war ein Gemälde: das verträumte Gesicht einer jungen Frau im impressionistischen Stil. In meiner Bestürzung mußte ich es in der vergangenen Nacht neben Suzannes Leiche aufgelesen haben, ohne darauf geachtet zu haben.

Ein Jahrhundert lang starrten meine Augen auf den Namen des Malers und versuchten mich davon zu überzeugen, daß es sich um eine Namensgleichheit handelte oder ich einige schlecht geformte Buchstaben schlichtweg verwechselte. Dennoch war mir, ohne daß ich Experte war, der Stil Renoirs nicht unbekannt, genausowenig wie seine ansehnliche Signatur.

Plötzlich gab es nur noch dieses impressionistische Porträt. Die Landschaft um mich herum zerfiel in Punkte. Das Summen der Insekten, die in der nachmittäglichen Betäubung ihre Messer wetzten, schwoll zu einem Dröhnen an.

Der Grund dafür lag jetzt im Gras, neben meiner Tasche; es war an die Leinwand geheftet worden – eine einfache Postkarte, die das Viadukt von Garabit darstellte.

Der Schlag hatte gesessen, ich stellte mir keinerlei Fragen. Zum Detektivspielen wartete ich den nächsten Sonntag ab, den Tag, an dem ich meine Frau wiedertraf, die mich in Paris vermutete und sich große Sorgen um mich machte. Als allererstes genehmigte ich mir einen kleinen Schnaps, weil ich finde, daß das den Grips verflucht stimuliert, vorausgesetzt man überschreitet eine bestimmte Dosis nicht. Dann nahm ich ein Bad im Fluß und versuchte, während ich mich von der Sonne trocknen ließ, nachzudenken. Das gelang mir aber erst einige Stunden später, nachdem ich wieder aufgewacht war. Das Ergebnis war nicht berühmt.

Warum hatte Suzanne sich im selben Zug befunden wie ich? (Nichts hatte während unserer Begegnung auf diese Reise hingewiesen.) Warum war sie ermordet worden? Und von wem? Warum schleppte sie ein aus seinem Rahmen getrenntes Bild mit, das ein Vermögen wert war? Warum hatte der Mörder sich nicht des Bildes bemächtigt? Und was dieses Bild betraf: stammte es wirklich vom

Meister? Und war Suzanne wirklich ermordet worden? Etc., etc.

Ich besaß nicht die notwendigen Details, um diese Fragen zu beantworten, die ich mir übrigens stellte, ohne wirklich nach einer Lösung zu suchen; frappiert vor allem von der für mich verwirrendsten Episode dieser Geschichte: der Postkarte, die das Viadukt von Garabit darstellte.

Das Ganze entsprach zu sehr den Aufzeichnungen für meinen unvollendeten Roman, in dem dasselbe Motiv gefunden werden sollte, und zwar im Besitz einer Person, deren Name mit dem Buchstaben B (wie Bertin) beginnt.

Diese Übereinstimmung war der helle Wahnsinn, und wäre die Leiche nicht gewesen, hätte ich das Ganze für einen Witz gehalten. Auf jeden Fall aber konnte mir die Geschichte für einen zukünftigen Roman von Nutzen sein. Das war der einzige praktische Schluß, den ich aus dem ganzen Wirrwarr zog.

Kapitel VII
Monsieur Refreger, Detektiv

Mitte September kehrten wir nach Paris zurück. Auch dieses Mal war es eine hübsche Vergnügungsreise. Bis Châteaudun gingen wir zu Fuß und schoben den Kinderwagen vor uns her. Es war die reinste Sportveranstaltung. In dieser aus den Fugen geratenen Stadt warteten wir bei einer F.F.I.-Straßen-Sperre darauf, daß ein Pariser Versorgungswagen uns freundlicherweise mitnehmen würde.

Während der Fahrt schwatzten wir mit dem Fahrer. Er erzählte uns, wie die Befreiung von Paris vonstatten gegangen war. Auf den Heldengesang folgte ein anderes, weniger lustiges Epos. Es gab weder Gas noch Strom, die Metro fuhr nicht, und auf den Vorortlinien war der Busverkehr eingestellt.

– Mir ist noch nicht danach, sofort nach Fontenay zurückzukehren, sagte Simone. Vor allem da wir jedes

Mal, wenn wir nach Paris wollen, hin und zurück zehn Kilometer laufen müssen.

– Und kein Gas mehr!!

– Laß uns zu Agathe gehen, schlug sie vor. (Agathe, Madame Agathe Lormand, ist eine Freundin meiner Frau. Sie besitzt im Faubourg Saint-Honoré eine Sechs-Zimmer-Wohnung, in der sie alleine lebt.) Ich habe keine besondere Lust, unter diesen ungemütlichen Bedingungen in eine Wohnung zurückzukehren, an die ich nicht mehr gewöhnt bin. Ich glaube kaum, daß ich mich dort erholen werde ...

– Und außerdem ... sagte ich.

Ich erzählte von Pedro Esteban.

– Ein Grund mehr, sagte Simone entschieden. Lassen wir deinen Pedro noch in aller Ruhe ein wenig im Luxus einer bürgerlichen Wohnung schwelgen, und gehen wir zu Agathe.

Was wir auch taten.

Nachdem ich mich von den Anstrengungen der Reise erholt hatte, galt mein erster Besuch meinem Verleger. Er hatte sich nicht verändert und erwartete, die ewige Zigarre im Mund, unerschrocken, was da kommen würde:

– Sieh an! rief er aus, sind Sie doch nicht tot?

Ich erzählte ihm von meiner Hin- und Rückreise, wobei ich die interessanten Fakten ausließ, und fragte ihn nach dem Stand der Dinge.

– Wir werden wie eine Rakete loslegen, sagte er. Sie können Manuskripte anschleppen. Apropo ...

Er brachte eine grüne Akte zum Vorschein, auf der in Fraktur mein Name stand, und die den unvollendeten Text von *Das dreifache Geheimnis von Auteuil* enthielt.

– ... Sie werden mir das schnellstens fertigmachen, befahl er. Das sieht mir sehr gut aus. Offen gesagt finde ich die Episoden zum Schluß am besten. Die erwürgte Katze, der lachende Blinde, das Viadukt von Garabit, all das ist famos. Ich frage mich nur, wie Sie sich da wieder rauswinden wollen, um sie ...

Das fragte ich mich ebenfalls, denn ich war noch niemals im Stande gewesen, ein Werk, das ich unterbrochen hatte, weiterzuschreiben. Ich nahm all meinen Mut zusammen und sprach das Wort „Vorschuß" aus. Es folgte ein schöner verbaler Schlagabtausch.

– Hören Sie, sprintete ich vor. Ich habe etwas ganz Famoses für Sie. Und ich warne Sie: Wenn Sie das nicht machen, kenne ich mindestens zwei Zeitungen, eine davon leitet ein Ex-Astrologe, die sich die Finger danach lecken werden.

– Was ist das für eine Geschichte?

– Eine unerhörte Geschichte.

– Und sie taugt wirklich so viel, wie Sie behaupten?

– Mehr noch, vielleicht ...

Und eine Pfeife stopfend:

– ... Glauben Sie, daß es viele Autoren gibt, die im wirklichen Leben und auf jeden Fall unter tragischen Umständen auf Ereignisse stoßen, die sie sich beinahe genauso für ihre Bücher ausgedacht hatten?

Ich fügte hinzu, daß genau das mir passiert sei, mir höchstpersönlich, und erzählte von Suzanne, den Sachen, die ich neben ihrer Leiche eingesammelt hatte, und wie unter diesen Sachen das Bild der Brücke von Garabit auftauchte, dasselbe wie in meinem Roman. All diese Geständnisse brachte ich beinahe mühelos heraus; dabei durfte ich auch die zweite Leiche, die von Baratet, nicht vergessen, aber schließlich kann ich derartige Geschichten sowieso nicht lange für mich behalten: mein Temperament spielt da nicht mit. Und außerdem war das der Preis, um an ein bißchen Geld zu kommen, das ich bitter nötig hatte.

– Sehr geistreich, würdigte Gronard in neutralem Ton.

Er nahm seine Brille ab, hauchte die Gläser an und begann sie zu polieren. Unter dem linken Auge hatte er eine Narbe, die das Horngestell verdeckte.

– Sehr geistreich, wiederholte er. Das Projektionsvermögen des Romanciers ist so stark, daß er die Realität nach seiner Vorstellungskraft zurechtbiegt. Was Sie da erzählen, könnte einen Astrologen interessieren, sogar wenn er Chefredakteur einer Tageszeitung ist.

– Ich beabsichtige, dieses Zusammentreffen als Basis für einen Roman zu nehmen. Das wäre originell.

– Oh, gewiß. (Er lachte.) Als Mittel, um Aufmerksamkeit zu erregen, ist es das schon.

– Sie ... Sie glauben mir nicht, stammelte ich.

– Nicht im geringsten, knurrte er.

Ich erhob mich.

– Ich habe Ihnen noch nicht alles gesagt. Die Postkarte war nicht das einzige. Es war noch etwas dabei ... ein Gemälde. Aber das taucht in den Notizen für mein Buch natürlich nicht auf.

– Ein Gemälde?

Er bezeugte ein freundliches und gelangweiltes Interesse.

– Ja, ein Gemälde. Und was für eins! Ein Renoir.

– Das würde ich gerne sehen. Haben Sie es zufällig dabei?

Ich nahm ihn beim Wort.

– Es ist bei einer Freundin, die gleich um die Ecke wohnt. Ich laufe los und hole es.

– Beeilen Sie sich, lachte er höhnisch. Und sehen Sie zu, daß das Bild schon trocken ist.

Ein halbe Stunde später war ich zurück. Ich rollte das Gemälde auf dem Schreibtisch aus.

– Auf der Rückseite befindet sich ein Fleck, äußerte ich sarkastisch. Für einen Farbklecks hat er eine komische Farbe. Ich glaube eher, es ist Blut.

Mit ernster Miene untersuchte Gronard aufmerksam das Bild.

– Donnerwetter, sagte er, das haben Sie doch nicht letzte Nacht gepinselt.

– Auch nicht vor einem Monat. Ich habe es so gefunden, wie ich es Ihnen erzählt habe.

Er begann sich das Kinn zu massieren.

– Ich glaube nicht, daß Sie mich geblufft haben, betonte er. Das ist wirklich einen Vorschuß wert. (Ohne sie zu öffnen, legte er seine Brieftasche auf das Löschpapier.) Und Ihre Idee von einem Roman, der auf einem solchen Zusammentreffen beruht, ist gut ...

– Exzellent, korrigierte ich, wobei mich die unmittelbare Reichweite des Geldes kühn machte.

– Nein, entgegnete er knapp und autoritär. Sie ist ganz schlicht nur gut. Die exzellente Idee hatte ich eben. Und Sie werden sie befolgen, oder Sie bekommen keinen Sou. Kannten Sie diese Frau, diese ... wie war nochmal ihr Name?

– Suzanne Bertin? Ja.

– Sie nehmen an, daß sie ermordet wurde?

– Es sah ganz danach aus.

– Haben Sie irgendeine Idee, warum sie sich in dem Zug befand?

– Diese Frage stelle ich mir seit dem 10. August.

– Wo haben Sie sich diese Frage gestellt?

– Wie bitte?

– Wo haben Sie sich diese Frage gestellt?

Er öffnete seine Brieftasche und entnahm ihr ein paar Tausender. Dieser Anblick gab mir meine gute Laune zurück.

– Wo stellt man sich schon Fragen? lachte ich. Glauben Sie, daß es da irgendeinen Schröpfknopf gibt, den man auf Rücken, Brust oder Bauch anbringen kann?

– Ich stelle mir manchmal im Café Fragen, manchmal in meinem Zimmer oder sogar hier. Das wollte ich damit sagen.

– Ach so! Ich habe sie mir vor allem auf dem Land gestellt.

– Und mit welchem Ergebnis?

– Negativ.

Er spielte mit den Banknoten und musterte mich. Hinter den kalten Gläsern nahmen seine Augen einen metallischen Glanz an.

– Wenn Sie sie in Paris stellen würden, hätten Sie vielleicht mehr Glück, äußerte er mit berechnender Langsamkeit. Sie könnten die Concièrge von Mlle. Bertin befragen, ihre Freunde, versuchen, ihre letzten Stunden zu rekonstruieren ...

Ich wagte nicht zu begreifen, worauf er hinauswollte. Es schien mir, als ob mir jemand vor langer Zeit schon einmal denselben Vorschlag gemacht hatte.

– Wie? stotterte ich.

Wenn dieses Fragewort noch nicht existiert hätte, so hätte man es schleunigst erfinden müssen. Ich benutzte es reichlich.

– Ja, ja, säuselte er. Im Jahre 1944 einen Kriminalroman schreiben kann jeder hergelaufene Trottel. Ich meine natürlich nicht Sie, lieber Freund. Ich garantiere Ihnen aber, daß Ihr Ruf mächtig gewinnen wird, wenn Sie Licht in eine Sache bringen, die Sie nicht konstruiert haben.

– Ist das ... ist das Ihre famose Idee?

– Ja. Führen Sie diese Ermittlung ... gut natürlich. Verfassen Sie einen Bericht darüber, den wir zusammen mit dem Roman, den Sie darüber schreiben, veröffentlichen werden, und ich garantiere Ihnen eine Werbung und einen Erfolg, den nur wenige Schriftsteller jemals erleben werden.

– Aber das ist ... wandte ich ein, das ist ... hm ... ich kenne niemanden mehr, der mir helfen könnte. Als ich noch Reporter war, kannte ich Polypen, aber inzwischen war Krieg, die Okkupation, die Kollaboration, die Befreiung und andere Komplikationen. Und ich bin kein Inspektor. Das ist nicht mein Beruf.

– Und Bill Lantelme? knurrte Philippe Gronard. Kennt er irgendjemanden außer der Frau, die ihm die Wäsche bügelt? Braucht der vielleicht Hilfe? Die Polypen sind ihm öfter auf den Fersen, als daß er ihnen hinterherrennt. Er ist kein Polizeiinspektor, er entwirft Schifferklaviere.

Bei diesen prompten Argumenten sackte ich in der Tiefe meines Sessels zusammen.

– Und was ist nun? triumphierte Gronard.

Die Brieftasche gähnte wie das Krokodil, aus dem sie hergestellt war, bereit, die Banknoten zu verschlingen.

– Das ist richtig, sagte ich.

– Gefällt Ihnen meine Idee?

– Sie entzückt mich.

Das war schwer über die Lippen zu bringen.

– Und Sie willigen ein, den Privatdetektiv zu spielen?

Als ob ich die Wahl gehabt hätte!

Ich sagte:

– Ja.

Zumindest aber läßt sich sagen, daß ich von der neuartigen Aufgabe, die mein Verleger mir da antrug, alles andere als begeistert war. Immerhin fühlte ich mich ein wenig selbstsicherer, als die zehntausend Francs von seiner Hand in meine Hosentasche überwechselten. Ich machte Anstalten, mich der Leinwand zu bemächtigen. Mit einer Geste verliebten Besitzertums legte Philippe Gronard seine dicken Hände darauf:

– Ich bitte Sie, mir das einige Tage hierzulassen, sagte er.

– Wie Sie wollen, stimmte ich jovial zu. Aber es ist ein Vermögen wert. Haben Sie nicht noch zweitausend Francs mehr?

Er lächelte und gab mir das Geld, ohne eine Miene zu verziehen.

Dieser letzte Erfolg sowie die paar Gläser Alkohol, die ich mir ein wenig später in einem nahegelegenen Bistro genehmigte, gaben mir ein Selbstvertrauen, das mir bisher unbekannt gewesen war. Ich hatte gehandelt, wie es Bill Lantelme getan hätte, meine Romanfigur. Alle Hoffnungen waren erlaubt.

Kapitel VIII
Zufallsgeschichten

Die Atmosphäre der historischen Ereignisse genoß ich in Saint-Germain-des-Prés, bei meinen Freunden.

Die meisten hatten sich während des Aufstandes natürlich vorbildlich verhalten und wundersamerweise nicht den geringsten Kratzer abgekriegt. Übrigens war nicht dieses Viertel Schauplatz ihrer Heldentaten gewesen; im allgemeinen waren sie dazu in die Vororte ausgewichen, wo niemand sie kannte. Einige Freunde fuhren jetzt in Autos herum; diese jungen Leute entfalteten eine ungeheure Aktivität, nahmen den Fuß nicht mehr vom Gas und hatten in allen Ecken von Paris haufenweise Missionen zu erledigen. Trotz ihrer Wichtigkeit waren sie schüchtern und wagten sich nicht allein hinaus. Aus diesem Grund wurden sie von sehr entgegenkommenden Fräuleins eskortiert.

Diese Neuigkeiten erfuhr ich von Marcel Lepain, den ich im *Flore* traf, vor einem Weißwein und neben einem hübschen Mädchen namens Raymonde, die ihn zärtlich betrachtete.

Weniger spröde als bei unserer letzten Begegnung, spendierte er mir spontan ein Glas und schüttelte in meiner Gegenwart mehrmals Hände von Leuten, mit denen ich ihn verkracht wußte; im Taumel der patriotischen Euphorie hatte er mit ihnen aber wohl wieder Freundschaft geschlossen und schien in seiner aufgeräumten Stimmung bereit zu sein, alles phantastisch und jeden liebenswert zu finden. Dennoch hatte er während des Aufstands seinen Wagen eingebüßt. Er war von irgendjemandem beschlagnahmt worden, und niemand wußte, wo er abgeblieben war, aber das machte nichts. Nach dem, was die Zeitungen schrieben, machten der Schwarzmarkt und seine Profiteure dabei ihren Schnitt. Übrigens mußte man nach den Gründen für seine Freundlichkeit und sein Bemühen, niemandem zu mißfallen, nicht lange suchen. In dieser Hinsicht hatte er genug Abbitte zu leisten.

– Gibt es alles in allem, erkundigte ich mich, unter uns keinen Verlust zu betrauern?

– Keinen ist nicht das richtige Wort, antwortete er. Gratien ist als erster Kriegsberichtserstatter der Pariser Presse nach Osten gegangen. Das ist ein Ruhm, der seinen Preis hat. Wir haben nichts mehr von ihm gehört. Das läßt das Schlimmste befürchten. Und dann ist da noch Baratet ...

Der Schluck Flüssigkeit blieb mir im Halse stecken. Dennoch hätte ich darauf gefaßt sein müssen, daß der Tod des Malers aufs Tapet kommen würde:

– Baratet? Ich hätte ihn nicht für so patriotisch gehalten ...

– Er ist nicht auf einer Barrikade gefallen. Er hat sich in seiner Wohnung umlegen lassen, am 10. oder 11. August.

– Nein sowas!

– Durch einen Messerstich in den Rücken, fuhr Marcel langsam fort.

– Was für eine Geschichte! ... Und weiß ... weiß man warum und von ... von wem?

Er zuckte mit den Schultern.

– Hello! zwitscherte Raymonde, wobei sie mit der Hand winkte.

Ganz offensichtlich über unsere Unterhaltung die Nase rümpfend, hatte sie ihren Blick einen Moment lang von Lepains Gesicht abgewandt, um auf den Boulevard hinauszusehen und eine Bekannte zu entdecken.

– Hello! echote hinter mir eine andere weibliche Stimme.

Die Begegnung der beiden Puppen bot eine willkommene Ablenkung. Ich bestellte einen weiteren Weißwein. Plötzlich wurde mir bewußt, daß die Neuangekommene keine Unbekannte für mich war. Bevor ich sie umarmen konnte, tat sie es.

– Nein sowas! sagte ich. Yvonne! Was ist aus dir seit '39 geworden?

– Jean! rief sie aus, und hinterließ ein wenig Rouge auf meinen Wangen. Ich hab mich aus Cannes nicht weggerührt.

Sie setzte sich.

– Dieser Mord ist seltsam, flötete Marcel.

– In der Tat, stimmte ich zu.

Ich sah Yvonne an:

– Ich dachte, du wärst tot, sagte ich.

– Was für ein Gedanke! protestierte sie. Warum denn?

– Ich weiß nicht. Ich meine, daß ein Gerücht über deinen Tod im Umlauf war.

Das stimmte zwar nicht, aber über irgendetwas mußte ich mit ihr reden. Ich wollte lieber mit ihr sprechen als mit Marcel.

– An diese Ente erinnere mich gar nicht, bemerkte dieser gerade.

Vielleicht war es Einbildung, aber er schien mich plötzlich sehr interessiert zu betrachten.

– Ich frage mich, wer mir das erzählt hat, sagte ich, wobei ich so tat, als ob ich in Erinnerungen kramte ... Ist ja schließlich auch egal. Hauptsache, du bist noch am Leben.

– Das ist wirklich nett.

Marcel warf einen Blick auf seine Uhr:

– Es ist Zeit, Kinder, sagte er.

Händeklatschend rief er den Kellner.

– Wo geht ihr hin? fragte ich.

– Vor zwei Monaten ist ein Freund wie durch ein Wunder den Klauen der Gestapo entwischt. Da er inzwischen ... hm ... echten Kaffee „gefunden" hat, organisiert er eine kleine Gedenkfeier. Kommst du mit?

Ich hätte eine wichtige Arbeit vorschieben können.

– Gerne, sagte ich.

Zwar hatte ich keine Lust, aber ich wollte nicht, daß Lepain dachte, daß ich ihm und seiner Mordgeschichte auswich.

– Ich komme mit, entschied ich.

Auf der Feier kannte ich fast alle Leute, außer dem Gastgeber und drei weiteren Personen, denen Marcel mich als den berühmten – vielen Dank – Autor der *detective-novels* vorstellte. Einer der drei wiederholte zungenschnalzend meinen Namen und kramte in seinem Gedächtnis. Hatte ich nicht *Die Spinne im eigenen Netz* geschrieben? Ich hatte die Ehre. Er beglückwünschte mich. Ein ebenfalls in dieses Genre vernarrter Kunstkritiker verbarg seine Unwissenheit bezüglich meiner Produktion nicht, erkundigte sich aber höflich nach meinem Verleger. Ich sprach den Namen Gronard aus.

– Handelt es sich etwa um Philippe Gronard? rief er aus.

– Kennen Sie ihn?

– Das heißt, ich kannte früher jemanden, der so hieß. Aber er war kein Verleger. Er war Kunsthändler. Ein seltsamer Vogel ...

Ich beschrieb Philippe Gronard.

– Er ist es, rief der Kritiker aufgeregt. Und der ist jetzt also im Verlagswesen? Der alte Philippe! Er hockt bestimmt auf seinem Geld, was?

Ich setzte ein einfältiges Grinsen auf. In der Meinung, ich sei peinlich berührt, mischte sich ein Typ ein:

– Ich habe Ihre Bücher gelesen, sagte er gespreizt. Sie sind natürlich nicht schlecht. Aber nur Koinzidenzen, nur Zufälle ...

Um die Kraft zu finden, mich zu rechtfertigen, spülte ich einen großen Schluck Pastis hinunter. (Robert Ratier, der Gestapo-Flüchtling, hatte nicht nur echten Kaffee „gefunden", sondern darüber hinaus auch noch Ricard 45 an Land gezogen). Ohne mir zu erlauben, den Mund aufzumachen, übernahm eine kleine Brünette meine Verteidigung.

– Zufälle? Aber davon gibt es ganz außergewöhnliche im Leben. Fragen Sie nur Robert.

Robert kannte seine Pflichten als Gastgeber. Er ließ sich nicht zweimal bitten, seine Geschichte zu erzählen. Die werde ich jetzt aber nicht wiederholen. Wissen sollte man lediglich, daß Ratier den Klauen der Gestapo unversehrt nur durch die wunderbare Verkettung wundersamer Zufälle entkommen konnte.

Nachdem die Geschichte zu Ende war, redeten alle durcheinander, und die Debatte drehte sich bald um den Zufall. Ein junger Stutzer, den ich immer mit einem unaufgeschnittenen Band J.-P. Sartre unterm Arm gesehen hatte, begann eine Vorlesung zu halten. Die Aufmerksamkeit der anwesenden Weiblichkeit hatte sich von Ratier ab- und ihm zugewandt. Ich konnte es nicht lange ertragen, auf den zweiten Rang verwiesen zu sein. Schließlich kannte ich ebenfalls eine schöne Geschichte über den Zufall, poetisch und alles. Ich kostete noch einmal vom Ricard und unterbrach das Geschwätz. Ich erläuterte meine Arbeitsmethode, dann:

– ... Alle, die mich hier kennen, wissen, daß ich im letzten Monat *Das dreifache Geheimnis von Auteuil* geschrieben habe, und daß in diesem Buch ...

– ... eine Frau vorkommt, der per Post eine erwürgte Katze geschickt wird, sagte Fournier.

– ... und irgendetwas war mit dem Viadukt von Garabit, ergänzte die Brünette, die mich verteidigt hatte.

– ... und mit einem Blinden, der lacht, vervollständigte Marcel.

– Ja, machte ich weiter. Eine Postkarte, die das Viadukt von Garabit darstellt, soll in einem bestimmten Moment – ich weiß noch nicht in welchem – bei einer Person entdeckt werden, deren Namen ich noch nicht kenne, die in meinen Notizen aber mit dem Buchstaben B bezeichnet wird.

– Und dann? flötete derjenige, der nicht an den Zufall glaubte.

– Und dann, triumphierte ich, habe ich mich unter dramatischen Umständen in der Realität wiedergefunden ... mitten in der Episode, die ich mir mehrere Wochen zuvor ausgedacht hatte ...

Und ich erzählte alles, wobei ich lediglich das impressionistische Gemälde ausließ. Gerade in diesem Milieu hätte man es garantiert sehen wollen, woraufhin ich hätte gestehen müssen, es meinem Verleger anvertraut zu haben, und dafür sicher eine Menge Spötteleien einkassiert hätte. Vor allem, wenn Gronard wirklich ein ehemaliger Kunsthändler war. Was noch zu beweisen war, denn ...

– Da mein Verleger vollstes Vertrauen in meine detektivischen Fähigkeiten hat, unterzieht er mich einer praktischen Prüfung, brüstete ich mich. Er hat mich beauftragt, eine Ermittlung zu führen, und dafür einen hübschen Vorschuß rausgerückt ...

– Dann ist das nicht der Gronard, den ich kenne, lachte der Kunstkritiker.

Daraufhin klebte mir ein gutes halbes Dutzend Jungs am Rockzipfel und überhäufte mich mit Fragen, obwohl es ja logischerweise ich hätte sein müssen, der die Fragen stellte. Ich legte eine dermaßen kühle Zurückhaltung an den Tag, daß sie mich bald für einen verfluchten Angeber hielten. Zwei oder drei sagten es mir platt ins Gesicht. Wegen des Ricards erinnere ich mich nicht mehr genau an das, was folgte. Ich glaube, es wurde viel über Suzanne gesprochen, aber praktisch nur nichtssagendes Zeug ...

Gegen siebzehn Uhr schwankte ich am Straßenrand vor *La Rotonde* hin und her, als wartete ich darauf, daß sich die Gitterstäbe des Metroschlundes öffneten. Arm in Arm standen Marcel und Raymonde neben mir.

– Und nun? spottete Marcel, willst du wirklich den Sherlock Holmes spielen?

– Und ich werde Erfolg haben, bestätigte ich in einem weshalb auch immer wütenden Ton.

– Und wann fangen Sie damit an? erkundigte sich das junge Mädchen.

– Zum Teufel! Jedenfalls nicht mehr heute abend, gestand ich ohne schlechtes Gewissen, wobei ich die Hand an meine brennende Stirn legte. Nur in Romanen stimuliert der Suff den Grips. In der Realität dagegen ... Ich werde mich auf's Ohr hauen, schloß ich.

Sie wünschten mir eine gute Nacht.

Kapitel IX
Corrida de muerte

Zwei Kilometer vor Fontenay bemerkte ich, daß ich aus Gewohnheit den Weg in meinen heimatlichen Vorort eingeschlagen hatte, anstatt in Richtung Faubourg Saint-Honoré. Auf meinen Zustand hatte sich der Marsch allerdings günstig ausgewirkt. Da ich nun schon fast zu Hause war, entschloß ich mich weiterzugehen. Es war eine Gelegenheit, Pedro Esteban über meine Rückkehr zu informieren, den Anzug zu wechseln und ein kaltes Bad zu nehmen, das mich vollständig wiederherstellen würde. Bald wurde ich von einem Nachbarn angesprochen.

– Ach, sind Sie wieder zurück? erkundigte er sich.

Das zu leugnen, war schwierig.

– Gute Reise gehabt?

Ich antwortete, daß die Umstände komfortabler hätten sein können. Der Typ zwinkerte mir zu, pfiff und wechselte das Thema:

– Mit Ihrem Untermieter hatten sie ja wirklich eine glückliche Hand ... ja, mit Ihrem spanischen Freund ... Er hat uns während des Aufstandes ganz schön geholfen. Für viele von uns war er ein leuchtendes Beispiel ... Donnerwetter, der Junge weiß, was eine Barrikade ist und wie man sich darauf verhält ...

– Das wundert mich nicht. Er ist auf einer geboren, lachte ich. Diese Spanier haben den Kampf im Blut.

– Er hat uns ganz schön geholfen, wiederholte der andere in einem bedeutungsschweren Ton, den ich vielleicht ... Kurz, die Bewohner Fontenays schätzten es bestimmt, daß sie selber nicht allzusehr hatten Hand anlegen müssen.

Unten an der Treppe stieß ich mit der Concièrge zusammen. Als ich meine Wohnung Pedro überließ, hatte ich nicht ganz legal gehandelt, aber sie machte keinerlei Bemerkungen darüber. Stattdessen öffnete auch sie den Mund nur, um Lobeshymnen auf Pedro zu singen. Dieser heißblütige Katalane hatte wirklich eine Menge Eroberungen gemacht.

Mit nacktem Oberkörper lümmelte er kaugummikauend und lesend in einem Sessel. Als er mich die Tür öffnen hörte, wandte er lediglich den Kopf und ließ sich ansonsten nicht weiter stören. Von früher kannte ich ihn nervöser und sehr viel wachsamer.

Nach den üblichen Gefühlsergüssen sagte ich ihm das. Er lachte.

– Was habe ich jetzt noch zu fürchten? stieß er mit seinem furchtbaren Akzent hervor. In dieser Gemeinde habe ich das Recht auf Ruhe erworben, *Sangre de Dios*, wenn du gesehen hättest ...

Er lieferte mir eine Heldenerzählung.

– Du stehst in diesem Viertel wirklich hoch im Kurs, sagte ich anerkennend.

– Sie reden davon, mich zum *Alkalden* zu wählen, brach es aus ihm heraus.

Ich ließ ein Bad einlaufen und lag im Wasser, als ich es an der Tür klopfen hörte. Es war die Tür zum Treppenhaus, von der ich den Schlüssel abgezogen hatte, nachdem ich aufgeschlossen hatte. Ich vernahm den federnden Schritt Pedros, der an der halboffenen Badezimmertür vorbeiging. Ich hörte, wie der Riegel aufgezogen wurde.

Die Jungs, die vor ihm standen, zogen etwas anderes. Ich glaubte, das Haus bräche zusammen. Es waren ganz besondere Schriftsteller. Ihre Schreibmaschinen spuckten

Lettern aus, die aus einem anderen Blei gegossen waren als die meiner Underwood und die in einem eigenartigen Takt Sterbeurkunden tippten. Die Knallerei dauerte solange, bis die Magazine leer waren. Bei dem Konzert mußten auf jeden Fall zwei Maschinenpistolen mitgewirkt haben.

Ich war kaum aus dem Wasser, als sich die Verbindungstür mit einem heftigen Stoß öffnete. Mit nacktem, verletztem Oberkörper lehnte Pedro am Türrahmen. Seine gekreuzten Hände waren an den Bauch gepreßt. Seine Hose triefte von Blut. Auch seine Arme waren voll davon. Sein Kopf hing auf der Schulter, der Mund war schmerzverzerrt, und er sagte nichts. Der rote Schwall, den er ausspuckte, enthielt Kaugummi. Er stürzte nach vorn. Sein Kopf schlug auf den Badewannenrand.

Ich sprang ins Treppenhaus. Laut polterten die Mörder die Stufen hinunter. Ich schrie nicht. Es war nutzlos.

Ich lief in die Wohnung zurück und rannte zum Fenster, wobei ich einen kleinen Tisch umstieß, auf dem ein Wecker stand. Er fiel auf den Boden und blieb auf der Uhrzeit stehen, die er gerade anzeigte: halb acht. Der Inhalt einer Schublade breitete sich auf dem Teppich aus.

Ich sah gerade noch zwei mehr oder weniger uniformierte Typen; mit ihrem Waffenarsenal stürzten sie in eine Limousine, die auf einem Kotflügel das Lothringer Kreuz und auf dem anderen die Initialen F.F.I. trug.

Das Auto startete wie eine Windhose und verschwand in Richtung Paris.

Ich schob die Schublade wieder an ihren Platz und nahm einen Gegenstand an mich, den ich kurz darauf in meine Jacke gleiten ließ: eine stämmige Mauser, die Pedro einem Deutschen abgenommen haben mußte.

Um Mitternacht war es immer noch nicht vorbei.

Meine Behausung hatte sich schnell in eine Bahnhofshalle verwandelt. Zuerst waren die Hausbewohner dagewesen, dann die unmittelbaren Nachbarn. Alle bedauerten den Tod von Pedro. Die offiziellen Vertreter und Gendarmen, die danach gekommen waren, hatten dieselben Trauerreden geschwungen. Gegen halb zehn schließlich hielt vor dem Haus ein schwarzer Renault, ziemlich genau an der Stelle, wo vorher der Wagen der Mörder geparkt hatte. Die Leute, die ihm entstiegen, sahen genauso aus, wie ich sie in meinen Romanen immer beschrieben habe. Man hätte meinen können, es sei ein Witz oder ein Kostümfest. Der Hauptinspektor Jules Magrenotte nahm die Sache in die Hand.

An der Art, wie er seine Jacke auszog, sah ich sofort, daß er es nicht eilig hatte.

– Dann wollen wir mal, sagte er, und er wies mit seinem Kinn auf die Leiche. Wer ist der Mann?

Während ich mich mit meinem Feuerzeug rumschlug, das nur noch Funken ausspuckte, lieferte ich die notwendigen Erklärungen.

– War er vielleicht ein „Kollabo"?

Ein Gendarm und ein Mitglied des lokalen Befreiungskomitees empörten sich. Sie hatten den Mann gekannt und garantierten für ihn.

– Dennoch, bohrte der andere, sind F.F.I. aus dem Auto gestiegen ...

– Die Mörder trugen tatsächlich Teile einer Uniform und ihr Wagen das Lothringer Kreuz, aber haben nicht erst gestern falsche F.F.I. eine Fabrik in La Courneuve überfallen?

Der Inspektor strich sich über den Schnurrbart.

– Im allgemeinen sind falsche F.F.I. ehemalige echte Milizionäre von Darnand ... Hat dieser Spanier sie vielleicht irgendwie besonders wütend gemacht?

– Er hat sich vor allem an die Deutschen gehalten, erläuterte der Gendarm. Er hätte die Milizionäre bestimmt nicht geschont, aber hier ... also hier gab es so gut wie keine.

– Es muß etwas anderes sein, brummte Magrenotte. Das Opfer hat sich während der Augusttage also vorbildlich verhalten. Gut. Aber er war Ausländer und erst seit kurzem in der Gemeinde ...

– Selbstverständlich, bestätigte der Gendarm, der wieder Gendarm geworden war.

Der Polizist wandte sich an mich:

– Sie haben ihn frei über Ihre Wohnung verfügen lassen. Kannten Sie ihn schon lange?

– Nein. Ein Jahr etwa. Er wurde mir von einem meiner Freunde vorgestellt, Mitglied der Résistance und inzwischen tot (Das war nicht wahr).

– Kannten Sie ihn ... gut?

– Das Résistancemitglied? Sehr gut.

– Ich spreche von Pedro Esteban.

– Nein. Nicht besonders.

– Können Sie mir vielleicht sagen, ob er Feinde hatte? ... Ich meine nicht die Deutschen oder Milizionäre ...

Meines Wissens war der einzige Feind, den Esteban jemals gehabt hatte, die Polizei. Aber möglichweise war es nicht angebracht, damit hier herauszurücken. Ich antwortete, daß dies mein Wissen übersteige.

Aufs Geratewohl wurde dann gewissenhaft Haarspalterei betrieben, während nebenan der Erkennungsdienst seiner üblichen Arbeit nachging. Magrenottes Untergebene stöberten in einem kleinen Koffer herum, der die armseligen Sachen von Pedro Esteban enthielt. Sie fanden nichts Ergiebiges, aus Routine aber und um ihr Vorgehen zu rechtfertigen und nicht mit leeren Händen abzuziehen, packten sie einige politische Dokumente zusammen und nahmen sie mit. Diese diversen Operationen dauerten bis nach Mitternacht. Als Magrenotte Fontenay verließ, bot er mir gastfreundlich seinen Wagen an. Er entschuldigte sich dafür, mich nicht bis zum Faubourg Saint-Honoré fahren zu können, und setzte mich am Quai des Orfèvres ab, wo er noch seinen Bericht abfassen wollte.

In dem würde dann zu lesen sein, daß ein loyaler spanischer Flüchtling von einer Gruppe dreier falscher und unbekannter F.F.I. ermordet worden war, die über einen Panhard mit dem Kennzeichen 1333 AF oder 1555 AE verfügten. Die Kennzeichen waren von zwei Zeugen geliefert worden. Es war zu vermuten, daß weder die eine noch die andere Nummer stimmte.

Bei Madame Lormand überfiel ich Simone sofort und unvermittelt mit dem ganzen Drama. Sie fragte mich, was ich darüber dachte. Ich sagte ihr, daß ich gar nichts dachte, was nicht ganz stimmte.

Blindlings fügte ich hinzu, daß Gronard mir einen weiteren Vorschuß gewährt hatte, ohne genau zu sagen, wofür. Das erschien ihr noch ungewöhnlicher als das Verbrechen von Fontenay und weckte sie vollständig auf. Ich drückte ihr einen Stift in die Hand, legte ihr ein Blatt Papier auf die Knie, zog die Kerze zum Bett und diktierte einen Brief:

– *Sehr geehrter Herr, mit großem Vergnügen habe ich „Rätselhafte Régine" gelesen ...*

– Aber das ist doch ein Roman von dir! rief Simone überrascht aus, wobei sie das Schreiben unterbrach.

– Ja, ja, bestätigte ich. Fährst du bitte fort? ... *„Rätselhafte Régine"*, Punkt. *Als glühender Liebhaber von Kriminalromanen sammle ich Widmungen. Würden Sie mir die Ehre erweisen ...*

Etc., etc.

Ich diktierte eine Höflichkeitsfloskel, schnappte das Telefonbuch und schlug es auf gut Glück irgendwo auf.

– Unterschrift: *Gonnay, 60, rue de Seine ...* Und jetzt auf den Briefumschlag: *Editions Gronard, zu Händen Monsieur Jean Refreger ...* Die Adresse kennst du ja, nicht?

Ich stellte mich vor den Spiegel. Die Kerze warf phantastische Schatten. Auch wenn sie nicht so hell wie eine 200-Watt-Birne war, konnte man sich in ihrem Schein betrachten. Ein seltsam gerissenes Lächeln umspielte meine Mundwinkel. Simone klebte den Briefumschlag zu.

– Und dabei machst du mir gar nicht den Eindruck, blau zu sein, bemerkte sie.

Kapitel X
Das Ehepaar

Früh am nächsten Morgen gab ich ein kleines Vermögen für sämtliche in der Hauptstadt erscheinenden Zeitungen aus. Pedro Esteban war eine zu unbedeutende Person, als daß man über seine Ermordung berichtet hätte. Kein Artikel war von Edmond Loiseau unterzeichnet. Ohne

Kollaborateur gewesen zu sein, hatte mein Ex-Kollege vom *Réveil* während der Besatzung zur Mannschaft des *Petit Parisien* gehört. Das trug man ihm vermutlich nach. Ich betete darum, daß er nicht im Knast war, griff nach dem Telefon und wählte seine Nummer. Mit Befriedigung erkannte ich seine verschlafene Stimme. Er lag noch im Bett.

– Arbeitslos?

– Ja, knurrte er. Ich warte drauf, daß man mich über mein Schicksal aufklärt. Ich muß vor einer Kommission erscheinen. Ich habe mir zwar nichts vorzuwerfen, aber man setzt mich bestimmt für einige Monate fest. Verfluchte Scheiße ... hätte diese Befreiung nicht ein wenig früher oder später stattfinden können? Gerade wo ich einer Wahnsinnsstory auf der Spur war ...

Loiseau war immer gerade hinter einer Wahnsinnsstory her.

– Apropos Story, sagte ich, ich würde dich gern sehen.

– Das ist einfach, gab er zurück. Du mußt dich nur herbewegen. Wenn du aber was trinken willst, bring dir selbst was mit. Ich sitze auf dem Trocknen. Und klopf' dreimal ...

– Öffnest du nicht jedem?

– Man kann nie wissen. Ich treffe meine Vorsichtsmaßnahmen.

Eine Stunde später klopfte ich wie vereinbart dreimal an die Tür. Er öffnete mir mit der Zigarette im Mundwinkel; er war noch im Schlafanzug, trug aber dafür einen Hut. Vermutlich schlief er damit. In dem mit Papierkram vollgestopften Zimmer hatte ich Mühe, einen Sitzplatz zu finden. Als das geschafft war, fragte ich ihn, ob er irgendetwas über die Ermordung einer gewissen Suzanne Bertin wisse. Beinahe hätte er seinen Hut abgenommen.

– Wie? was? ... Aber da bin ich gerade dran ... Das ist die Wahnsinnsstory, von der ich dir erzählt habe ...

Langsam wurde es interessant.

– Erzähl mir ein wenig, was du darüber weißt, bat ich.

Er warf mir einen seltsamen Blick zu.

– Was ist los? fragte er. Sind dir deine Romane auf's Hirn geschlagen?

– Ich kannte Suzanne, erklärte ich. Ich habe erfahren,

daß sie gestorben ist. Ich dachte, du könntest mir vielleicht sagen, woran.

– Da du ja schon weißt, daß sie ermordet wurde, kannst du dir ja denken, daß es keine Hirnhautentzündung war. Man hat sie am 11. August in Étampes gefunden, im Waggon eines der letzten Züge, die nach Paris zurückfuhren. In ihrem Rücken steckten drei Revolverkugeln, abgefeuert aus verschiedenen Entfernungen.

– Was wollte sie in Étampes? fragte ich, während ich vergeblich versuchte, mein Feuerzeug zu zünden.

– Wenn du mir weiter mit solchen Fragen kommst, hast du dich in der Tür geirrt und solltest heute morgen noch jemand anderen treffen, knurrte Loiseau. Hier im Erdgeschoß wohnt ein Fakir ...

Nachdem er eine Packung Streichhölzer geschüttelt hatte, um den Inhalt zu überprüfen, warf er sie mir zu.

– Es geht mir auf die Nerven, wie du an dem Feuerzeug rumscheuerst.

– Mir auch, sagte ich. Das Benzin ist nichts wert. Man holt sich höchstens dreckige Finger.

Ich zündete mir meine Pfeife mit einem Streichholz an.

– Wie hast du das alles erfahren, und wieso ist das eine Wahnsinnsstory? fragte ich.

– Stell dir vor, ich ... hm ... ich war einmal Journalist, lachte er bitter. Was die Wahnsinnsstory angeht, druckste er rum, so ... hm ..., so hätte es eine werden können, wenn ich Zeit gehabt hätte, mich darum zu kümmern. (Ich kannte das Lied. Es war immer dasselbe.) Aber kaum war die Leiche in Paris, ging die Knatterei in den Straßen los.

– Die Leiche wurde nach Paris zurückgebracht?

– Natürlich hat sich zuerst die Staatsanwaltschaft von Seine-et-Oise um die Sache gekümmert. Du kannst dir ja vorstellen mit welchem Nachdruck, schließlich gab es angesichts der militärischen Situation andere Sorgen ... Trotzdem haben sie das Minimum getan und die Fingerabdrücke der Toten zur Identifizierung nach Paris geschickt, wie es immer gemacht wird. Daraufhin war die Staatsanwaltschaft von Seine-et-Oise die Sache zugunsten der von Paris los. Letzterer war der Krieg schnurzegal. Sie ging friedlich ihrem Job nach.

Ich spürte, wie mein Gesicht sich ungläubig verzog.

– Sie ... sie haben sie mithilfe der Fingerabdrücke identifiziert? ... Das geht doch nur bei Rückfalltätern ...

– Vielleicht war sie das. Fest steht jedenfalls, daß die Kripo an den Fingerabdrücken so interessiert war, daß sie die Überführung der Leiche gefordert hat ... Ich muß noch hinzufügen, daß ... Suzanne Bertin in der Nacht des 10. August umgelegt wurde. Am Morgen desselben Tages hatte ihr Mann dasselbe Schicksal erlitten.

Ich sprang vom Stuhl auf und stieß einen Stapel Zeitungen um.

– Wie?

– Ja. Ein schönes Familienmassaker, nicht?

Die Überraschung verschlug mir die Sprache.

– Sie war verheiratet! rief ich schließlich aus.

Nun war Loiseau an der Reihe, überrascht zu sein.

– Verflucht, grunzte er, ich dachte, du hättest sie gekannt!

– Ich kannte Suzanne seit '38, habe aber nie vermutet, daß sie verheiratet war.

Heftig zog er sich die Hutkrempe über die Augen und schlug mit der Faust zuerst auf sein Knie, dann gegen die Handfläche der anderen Hand.

– Ich hatte es dir doch gesagt, rief er mit wütendem Bedauern. Eine Wahnsinnsstory! ... Die Frau ist also verheiratet, und ein Typ, der sie seit sechs Jahren kennt, hat davon nicht die geringste Ahnung. Was mögen dies Geheimnis und die Morde verbergen?

Er ließ den Feuilletonstil fallen, um zu fluchen, und sagte:

– An diese blöde Befreiung werde ich noch lange denken!

Er zeterte noch einige Minuten weiter. Ich nutze die Zeit, um einigermaßen wieder zu mir zu kommen. Wir beruhigten uns etwa gleichzeitig.

– Und wer war ihr Mann? fragte ich.

– Ein Hansdampf. Hauptsächlich Maler. Ihn hat's ebenfalls im Rücken erwischt, aber mit einem Dolch. Ein gewisser Victor Baratet.

Unbewußt war ich auf so etwas gefaßt gewesen. Ich ertrug den Schock mit Fassung.

– Den kannte ich auch, erklärte ich.

– Du kennst nicht zufällig auch den Mörder? lachte er sarkastisch.

– Nein. Und du?

Er zuckte mit den Schultern:

– Vier Tage später ging der Aufstand in Paris los. Die Bullen hatten keine Zeit mehr, irgendjemanden zu verdächtigen.

– Welches Motiv vermutet man für das Verbrechen?

– Jedenfalls nicht Diebstahl. Mehr weiß ich auch nicht. Baratet hatte zweitausend Francs in der Tasche, die nicht angerührt wurden.

Er konnte mir nicht sagen, ob die Polizei eine Theorie über die beiden Verbrechen hatte. Alles in allem reduzierten sich die zahlreichen Tips, die er zu dieser „Wahnsinnsstory" angeblich hatte, auf sehr wenige. Trotzdem hatte ich einiges erfahren.

Da das Sprechen durstig gemacht hatte, er aber auf dem Trockenen saß und ich nichts Flüssiges mitgebracht hatte, lud ich ihn ein, mit ins *Flore* zu kommen. Er zog sich an, und wir gingen.

Die Stunde des Aperitif rückte näher. Das Café war brechend voll. Verzweifelt suchten wir einen Platz, als eine Frau aufstand und zu uns kam. Ich erkannte sie wieder. Es war Raymonde. Ihr Mund war fest verschlossen, die Unterlippe schmollte.

– Was haben Sie mit Marcel gemacht? fragte sie abrupt.

Die Stimme war rauh, sie zitterte vor stummer Wut, der Blick war stechend.

– Das muß man Sie fragen, antwortete ich. Ich habe Sie gestern verlassen, um mich schlafen zu legen.

– Das hatten Sie auch bitter nötig. Deshalb hat Marcel mich gestern eine viertel Stunde später sitzenlassen und behauptet, daß Sie allein nie ankommen würden; angeblich wollte er versuchen, Sie einzuholen, um Sie zu begleiten. Wie ein Tölpel bin ich darauf reingefallen.

– Ich habe ihn nicht gesehen.

– Ich bin wie ein Tölpel drauf reingefallen, wiederholte sie. Dabei hätte ich mißtrauisch werden müssen. Seit einiger Zeit ist er nicht mehr derselbe. Ich glaube, er hat die Nase voll ...

Sie packte meinen Arm:

– Bestimmt hat Irène ihm nachgestellt, nicht? Es ist nicht das erste Mal. Sie ist hinter ihm her. Und er ist kein Typ, der nein sagt. Ohjeohjeohje.

– Ich habe ihn nicht gesehen, wiederholte ich jetzt meinerseits in einem Ton, der ausdrückte, daß es sehr freundlich von ihr wäre, mich in Ruhe zu lassen.

Meine geheimen Wünsche umgehend erfüllend, trollte sie sich zu ihren Freunden zurück und schimpfte weiter auf Marcel.

– Was für eine hübsche Nervensäge ..., äußerte mein Begleiter.

– Ja. Laß uns woanders hingehen, schlug ich vor. Hier kann man sich nirgendwo in Ruhe unterhalten.

Ich sagte Pascal, dem Kellner, daß ich, falls jemand nach mir fragen sollte, im *Royal Saint-Germain* zu finden sei.

Wir probierten gerade unsere Getränke, als Edmond Loiseau plötzlich bleich wurde:

– Magrenotte! keuchte er.

Tatsächlich zeichnete sich im Türrahmen die stämmige Silhouette des Inspektors ab. Der Mann schien nur Augen für uns zu haben.

– Kennst du ihn?

Loiseau antwortete nicht. Der Inspektor war bereits bei uns. Er wurde von einem seiner Kollegen begleitet, den uns seine Korpulenz zunächst verborgen hatte. Mit in die Hüften gestemmten Armen betrachtete Magrenotte uns düster. Er füllte das ganze Café.

– Ich möchte mich ernsthaft mit Ihnen unterhalten, sagte er ausdruckslos.

– Damit war zu rechnen, knurrte der Journalist, wobei er sich resigniert erhob. Okay Inspektor, ich folge Ihnen.

Mit einem Rippenstoß zwang ihn der andere Bulle, sich wieder zu setzen.

– Wer spricht denn hier von Ihnen? Sie scheinen ja nicht gerade ein ruhiges Gewissen zu haben, mein Junge, was? Wo habe ich Ihr Gesicht nur schon einmal gesehen?

– Ich war Redakteur beim ... hm ... beim *Petit Parisien*, erklärte Loiseau, indem er sich vorstellte. Oh! Vermischte Nachrichten, nur vermischte Nachrichten, die Rubrik der toten Hunde, Sie wissen schon. Wir hatten beruflich miteinander zu tun.

Magrenotte brach in Gelächter aus:

– Ach daher? Ich kramte schon in meinem Gedächtnis, welcher Bandit Sie wohl sein könnten. Na los, Loiseau, trinken Sie Ihren Weißwein in Ruhe zu Ende ...

Er richtete den lebhaften Glanz seiner dicken Augen auf mich:

– Sie habe ich gesucht, sagte er.

– Ach! Und weshalb?

– Um mich ernsthaft mit Ihnen zu unterhalten, ich sagte es bereits.

– Setzen Sie sich, lud ich ihn ein.

– Ich mag keine Literatencafés, lächelte er. Gehen wir lieber in mein Büro. Mein Wagen steht vor der Tür.

Kapitel XI
Das Taschentuch

Im Flur der letzten Etage der Kripo wies Jules Magrenotte, der während der ganzen Fahrt keinen Ton von sich gegeben hatte, mit dem Kinn auf eine staubige und abgewetzte Holzbank, auf der ich mit dem unbeteiligtesten Blick der Welt Platz nahm.

Er ging in ein Büro, dann in ein anderes, aus dem er wieder herauskam, um in ein drittes zu stürzen. Er sah sehr beschäftigt aus, seine Augen blieben jedoch ausdruckslos. In dem Glaskäfig am Ende des Flurs, wo einer seiner Amtsbrüder – mangels etwas anderem – die Zeit damit totschlug, an einem Streichholz zu kauen, hörte ich ihn telefonieren:

– Ja ... Und nun? ... Aha, gut ... Ausgezeichnet! Sie haben es in die Schublade zurückgelegt? ... Gut.

Ein Schreiber brachte ihm einige Papiere. Offensichtlich untersuchte er sie in dem Zimmer, in das er sich einschloß, in aller Ruhe, denn er blieb lange Zeit da drinnen. Das Warten sollte mich mürbe machen, aber das Gegenteil war der Fall. Ich hatte meine Nerven wieder beisammen, als Magrenotte mich in sein Mansardenbüro führte.

Auf seine immer noch stumme Einladung hin nahm ich Platz. Er ging zum Tisch und prüfte den Inhalt einer Schublade, ohne daß ein Muskel seines dicken Gesichts Befriedigung oder ein gegenteiliges Gefühl verriet. Er nahm hinter dem Tisch Platz. Seine Haare streichelten und verbargen die letzten Namen auf einer Liste von Polizisten, die der Pflicht zum Opfer gefallen waren. Er zündete eine Zigarette an. Ich wollte dasselbe mit meiner Pfeife tun, was aber viel umständlicher war. Vier Daumenstöße auf das Rädchen ließen ebensoviele nutzlose Funken hervorsprühen. Genau wie Edmond Loiseau kam mir der Inspektor zur Hilfe und bot mir seine Streichholzschachtel an.

– Funktioniert Ihr Feuerzeug immer so gut? erkundigte er sich ernst, als ob er mich an diesen Ort geführt hätte, nur um mir diese weltbewegende Frage zu stellen. (Bereits in der vergangenen Nacht hatte er sich von dem defekten Zustand meines Feuerzeuges überzeugen können.)

– Es ist das Benzin ..., erklärte ich.

Er machte die übliche Geste, mit der er Lappalien beiseite schob.

– Hat Ihnen noch nie jemand gesagt, daß Sie den bösen Blick haben? fragte er plötzlich.

Ich lachte.

– Wenn man alle Leute des bösen Blicks verdächtigen würde, die ein widerspenstiges Feuerzeug besitzen ... Nein, das hat man mir noch nie gesagt.

– Na gut, ich sage es Ihnen jetzt ... In Ihrer Umgebung wird auffällig viel gestorben, finden Sie nicht?

Ich setzte ein dümmliches Gesicht auf.

– In der Umgebung eines jeden sterben viele Leute, oder? Da ist der Krieg und ...

– Spielen Sie nicht den Hanswurst, unterbrach er mich sanft, ohne wütend zu werden. Die Kriegsleichen interessieren mich nicht. Ich spreche von anderen Toten.

– Pedro Esteban, nicht wahr?

– *Unter anderem, ja* ... Und da sind noch Victor Baratet und Suzanne Bertin.

Noch am Vortag wäre ich bei einem solchen Satz in Ohnmacht gefallen. Seitdem aber gab ich mir alle Mühe, Bill Lantelme zu spielen, und Bill Lantelme konnte man alles sagen. Er war allem gewachsen.

– Wo ist da die Verbindung? fragte ich.

Er antwortete mit einer Gegenfrage.

– Kennen Sie die beiden Personen?

– Ja.

– Kannte der Spanier sie auch?

– Nein.

– Wissen Sie, was mit ihnen geschehen ist?

– Sie haben mir gerade gesagt, daß sie tot sind.

– Wissen Sie das von mir?

– Nein. Freunde haben mir erzählt, daß Baratet mit einem Messer ermordet wurde und daß Suzanne dasselbe Schicksal ereilt hat, allerdings durch eine Pistole ...

– Richtig. Ich habe erst heute morgen erfahren, daß Sie mit dem Maler und seiner Frau mehr oder weniger freundschaftlich verbunden waren ... Apropos, wußten Sie, daß die beiden ein Ehepaar waren?

– Man hat es mir gesagt ... Es war eine Überraschung für mich ...

– Sie waren aber nicht mehr verheiratet ... sie hatten sich scheiden lassen ... Baratet war ein seltsamer Typ ... Vor einigen Monaten hatten sie sich wieder zusammengerauft, was aber nicht gehalten hat ... Wer hat Ihnen davon erzählt?

– Der Typ, den Sie mit mir zusammen im Café gesehen haben: Edmond Loiseau.

– Der ist ebenfalls ein seltsamer Typ. Warum hat er Ihnen das erzählt?

– Weil ich ihn danach gefragt habe. Da meine Freunde mir über dieses Doppeldrama kaum etwas sagen konnten, habe ich mir gesagt, daß Loiseau, in seiner Eigenschaft als Journalist, vielleicht mehr darüber wüßte.

– Sicherlich ... Warum interessieren Sie sich so für diese Geschichte?

– Warum? Aber Baratet und Suzanne waren Freunde von mir.

– Das stimmt. Was denken Ihre Freunde über die Geschehnisse?

– Sie verlieren sich in Vermutungen.

– Und Sie?

– Ich tue dasselbe.

– Wirklich? (Er lachte.) Sie schreiben Kriminalromane. Sie müßten doch eine Theorie haben ...

– Nicht die geringste.

Stille trat ein. Magrenotte zündete sich eine Zigarette am Stummel der anderen an.

– Diese Spanier sind für ihre Heißblütigkeit berühmt, sagte er versonnen.

Ich sah ihn fragend an. Er ließ seinen abwesenden Blick auf mir ruhen und fuhr fort:

– Sie sind zu heftigen Leidenschaften fähig. Nehmen wir mal an, daß Pedro Esteban Suzanne Bertin geliebt hat, daß er abgewiesen wurde, daß er ...

Er verzapfte eine unglaubliche Geschichte.

– Das ist nicht aufrechtzuerhalten, wandte ich mit einem gewissen Vergnügen ein.

– Es ist nicht gerade famos, das gebe ich zu, lächelte er. Aber Sie lassen die Polizisten in Ihren Romanen auch keine gescheiteren Vorschläge machen ...

Wir waren nicht hier, um einer gewissen Art von Literatur den Prozeß zu machen.

– Pedro und Suzanne kannten sich gar nicht, sagte ich, um seine unwahrscheinlichen Überlegungen vollständig zunichte zu machen.

– Sie kannten Baratet und Suzanne Bertin, oder glaubten sie zu kennen. Trotzdem wußten Sie nicht, daß sie verheiratet waren ... Es gibt einige Dinge im Leben der

Bohème, die, wenn Sie sie erfahren würden, äußerst überraschend für Sie wären ...

– Das ist nicht dasselbe, protestierte ich.

– Wie erklären Sie sich, daß meine Männer dies unter den letzte Nacht in Ihrer Wohnung sichergestellten Papieren Pedro Estebans gefunden haben?

Er hielt mir ein Photo hin. Das von Suzanne.

– Das Portrait gehört mir, sagte ich. Es muß zufällig unter Pedros Sachen geraten sein.

Magrenotte wechselte die Ideen wie ein Hemd.

– Das glaube ich auch, sagte er. Außerdem ...

Er machte eine kleine Pause und sagte dann mit gespielter Nachlässigkeit:

– ... stammen die meisten Fingerabdrücke auf dem Foto von Ihnen.

– Die Fing... (Mir stockte der Atem.) *Meine* Fingerabdrücke? ... Ich frage mich, Inspektor, woher Sie wissen, daß es *meine* Fingerabdrücke sind. Ich bin noch nie im *Piano* gewesen ...

– Wir wissen, daß es Ihre Fingerabdrücke sind, genauso wie wir wissen, daß auf diesem Gegenstand Ihre Fingerabdrücke sind ... ebenfalls zusammen mit denen des Spaniers ...

Er öffnete eine Schublade und holte eine Mauser hervor.

– Ich habe sie bei Ihnen gefunden, erklärte er. Oder besser gesagt bei Madame Lormand.

– Sie ... Sie haben das von Madame Lormand geholt?

– Halten Sie mich für einen Hellseher? Wie hätte ich Sie in Saint-Germain-des-Prés aufstöbern sollen, wenn ich nicht vorher in Ihrem Pariser Domizil gewesen wäre, wo Ihre Frau mir gesagt hat, an welchem Ort ich Sie möglicherweise finden würde.

– Waren Sie da ... um mich zu verhören?

Als Zeichen des Protestes hob er die Hand.

– Glauben Sie das nicht. Dieser Gegenstand bot sich meinem Blick auf dem marmornen Kaminsims. Madame Refreger hatte ihn noch gar nicht bemerkt. Aber ich pflege mich immer umzusehen ... Die Überraschung Ihrer Frau war aber auf jeden Fall so echt, daß ich annehme, Sie besitzen diese Waffe erst seit kurzem.

– Seit gestern, gestand ich. Und ich glaube nicht, daß ich in meinem Leben schon mal eine von so nahe gesehen habe. Ich bin nicht mal sicher, ob ich mit ihr umgehen kann ... Es scheint mir ein Modell der deutschen Armee zu sein, das Pedro wohl im Gefecht ergattert hat ...

Ich erzählte, wie ich zu dem Spielzeug gekommen war.

– Mit welcher Absicht? fragte Magrenotte.

– Verteidigungsreflex, vermutlich. Soeben war mein Freund vor meinen Augen in ein Sieb verwandelt worden.

– Aber die Mörder waren doch schon weit weg, denn Sie hatten sie ja in ihrem Wagen flüchten sehen ...

– Hm ... Ich nehme an, daß man in solchen Fällen nicht sehr rational handelt.

– Das nehme ich auch an.

Es war ärgerlich, daß er mir scheinbar zustimmte, während er es in Wirklichkeit überhaupt nicht tat.

Ich zeigte auf den Revolver.

– Was Pedros Fingerabdrücke betrifft, so verstehe ich, sagte ich. Aber wie sind Sie darauf gekommen, daß die anderen von mir stammen?

– Soll ich Ihnen ein Geständnis machen? (Er lächelte spöttisch.) Ich war niemals ganz sicher, daß es wirklich Ihre sind. Ich habe ein bißchen blindlings drauf getippt ... Und jetzt haben wir die Gelegenheit, das zu überprüfen.

Es war mir unmöglich, mich dem zu entziehen. Magrenotte griff nach dem Haustelefon und gab einen Befehl. Wenig später betrat eine Person in weißem Kittel das Zimmer. Der Mann trug eine Glasplatte, auf der er mittels einer Walze ein wenig schwarze Tinte verteilte.

– Dieser Herr gehört noch nicht in die Kategorie der Verbrecher, gluckste der Inspektor. Nehmen Sie vorerst nur die Fingerabdrücke der rechten Hand, die einzige, die uns bisher interessiert ... Wir werden später sehen, ob es notwendig wird, ihm einen ganzen Satz abzunehmen ...

Der Mann im Kittel ergriff meine Hand und rollte die einzelnen Finger nacheinander über die Tintenplatte, dann auf ein weißes Blatt. Nachdem der Laborant fort war, herrschte eine beklemmende Stille. Sie wurde durch das Läuten des Telefons unterbrochen. Magrenotte nahm ab, brummelte einige „Jajajajas" und „Ahas" in die Sprechmuschel und setzte sich wieder. Sein Blick war unverändert stumpf.

– Es sind Ihre Fingerabdrücke, sagte er. Zunächst diejenigen, die wir gestern während der Routineuntersuchung bei Ihnen genommen haben und die uns auf die richtige Spur gebracht haben; dann die von dem Foto und der Mauser, und schließlich ...

Er machte eine bedeutungsschwere Pause. Er war ein geschickter Komödiant und bereitete seine Pointen gut vor.

– Waren noch irgendwo welche?

– Ja. Auf einem blutigen Taschentuch, das am Nachmittag des 10. August neben der Leiche von Victor Baratet gefunden wurde.

Kapitel XII
Lügen

Meine Überraschung war die echteste der Welt, als ich ausrief:

– Das *blutige* Taschentuch?

– Ja, das blutige Taschentuch, wiederholte Magrenotte.

Ich überlegte schnell. Wenn es einfach das Taschentuch gewesen wäre, hätte mich das umgehauen. Das blutige Taschentuch aber war neu. Auf Stoff sind Fingerabdrücke nicht nachweisbar, und auf dem Taschentuch konnten höchstens dort, wo es blutbefleckt war, mehr oder weniger identifizierbare Abdrücke zu finden sein. Aber dafür hätte ich mir die Hand beschmieren müssen. Ich wußte aber, daß das unmöglich war, denn ich hatte entsprechende Vorkehrungen getroffen. Es mußte also etwas anderes sein.

– Und was ist mit dem blutigen Taschentuch? fragte ich.

– Welche Sorte Taschentücher benutzen Sie? fragte er statt einer Antwort.

Ich zog ein kariertes aus meiner Tasche:

– Ich habe fünf solche. Ich besitze noch einmal etwa genausoviele, weiße mit Löchern. Meine Aussteuer ist famos. Schließlich habe ich noch etwa ein halbes Dutzend sehr feine Luxustaschentücher geschenkt bekommen, die für meinen Geschmack aber etwas zu labbrig sind. Vielleicht habe ich deshalb eins nach dem anderen verloren. Meine Initialen waren mit einem rosa Faden ...

– Haben Sie sie alle verloren?

– Eins oder zwei muß ich noch haben. Aber ich bin nicht ganz sicher. Ich benutze diese Briefmarken nicht gerne ...

Er stand auf, ging zum Telefon und bat darum, ihm das Beweisstück 3A zu bringen. Das Stück 3A war das berühmte Taschentuch, mein Taschentuch. Es war ausgebreitet auf einen Rahmen geklammert. Eine hier und da mit einigen Kreuzen markierte Glasplatte schützte es.

– Erkennen Sie dieses Taschentuch als Ihres wieder? fragte der Inspektor.

– Obwohl in ganz Frankreich Tausende von solchen Wäschestücken in Umlauf sein müssen, antwortete ich geschraubt, erlaubt mir das Monogramm darauf wohl kaum, es zu leugnen, nicht wahr? Ich werde mir nicht einmal die Mühe machen, darauf zu verweisen, daß Jules, Joseph, Justinien, Reboul, Ratier, Ratapoil und wer weiß wie viele weitere Namen und Vornamen diesen Initialen genauso vollkommen entsprechen wie Jean und Refreger. Nein. Ich glaube wirklich, es ist mein Taschentuch. Aber zum Teufel, wenn ich bloß kapieren würde, wie Sie das herausgefunden haben. Ach ja: die Fingerabdrücke. (Ich schnippte mit den Fingern und begann zu lachen.) Hören Sie, ich würde sie gern einmal sehen. Ich dachte, daß Abdrücke auf Stoff nicht nachweisbar wären ...

– Sie sind ja plötzlich ganz schön redselig, bemerkte er.

Und ohne Übergang, vermutlich um mir zu zeigen, daß er mir in diesem Punkt das Wasser reichen konnte:

– Manchmal bezichtigt man die Schriftsteller der Unglaubwürdigkeit, weil sie in ihre Werke merkwürdige oder exzentrische Begebenheiten einflechten; mit ihrem dichterischen Temperament haben sie sie irgendwo aufgeschnappt und im Gedächtnis behalten, während die Masse der Sterblichen sie gar nicht bemerkt hat. Das gilt auch für Sie. Es ist richtig, daß Fingerabdrücke auf Stoff nicht nachweisbar sind. Dennoch gibt es bei dieser Regel, genauso wie bei allen Regeln, Ausnahmen ... Kennen Sie den *Leitfaden der Gerichtsmedizin* von Professor Cyrus?

Ich zuckte mit den Schultern.

– Ich schreibe Kriminalromane.

Diese Antwort konnte ebenso gut bedeuten, daß ich beim Schreiben von Kriminalromanen solch wissenschaftliches Geschwätz nicht nötig hätte als auch das Gegenteil, daß nämlich Werke dieser Art selbstverständlich zum unverzichtbaren Material meines Berufes gehörten.

– Auf Seite 586, erläuterte Magrenotte, kommt der blutbefleckte Handflächenabdruck eines Verbrechers vor, der auf einem „feinen“ Laken gefunden wurde ...

Er griff nach einem Papiermesser.

– ... Dieses Taschentuch ist weder aus gewöhnlichem Stoff, noch ist es gewöhnlich gewebt ... Es ist ein Luxusartikel ... *Es ist fein, extrem fein,* fast ohne Struktur und konserviert Fingerabdrücke ... Der Zufall wollte es, daß Sie ... wenn ich so sagen darf, der Nutznießer dieser Ausnahme waren. So etwas kann auch nur Dichtern passieren ...

– In der Tat ... Könnte ich meinen Abdruck sehen?

Er drehte den Rahmen zu mir. Dort, wo ein Kreuz markiert war, zeigte er mit dem Papiermesser auf das Glas und beschrieb über dem Teil des Taschentuchs, auf dem keine Blutflecken waren, einen unsichtbaren Kreis. Ich sah einen schwärzlichen Fleck.

– Sie sollten langsam Ihr Feuerzeug wechseln, triumphierte der Inspektor sacht. Dadurch, daß es nicht sofort anspringt, sind Sie gezwungen, mehrmals das Rädchen zu reiben. Das aussickernde Benzin, der Ruß des danebenliegenden Dochtes sowie Partikel des Feuersteins bilden zusammen ein schmutziges Amalgam. Sie müssen sich unmittelbar nach dem Zünden des Feuerzeugs geschneuzt haben. Daher diese Spur ...

Er ließ das Papiermesser liegen, ohne auf die anderen

Kreuze zu zeigen, die auf die Blutflecken mit Fingerabdrücken verwiesen. Letztere waren wesentlich deutlicher zu erkennen, als die Fingerabdrücke, die seiner Demonstration gedient hatten.

– ... Nachdem wir dies neben Baratets Leiche gefunden hatten, verglichen wir es mit unserer Fingerabdruckkartei ... Aber Sie waren nicht dadrin ... Sie sind noch nie im *Piano*, wie Sie so schön sagen, gewesen, wobei Sie sich eher wie ein Gewohnheitsverbrecher ausdrücken als ein ehrlicher Schriftsteller, der noch nie mit unseren Dienststellen zu tun hatte ...

– Schriftsteller kennen viele Dinge, ohne daß sie sie unbedingt selbst gesehen haben ...

– Jaa ... Unter den Abdrücken, die wir letzte Nacht bei Ihnen wegen des Mordes an dem Spanier genommen haben, befanden sich mehrere, die Gemeinsamkeiten mit denen des Taschentuchs aufwiesen ... Die Initialen und ein bißchen Phantasie taten den Rest.

– Ein bißchen sehr viel Phantasie, glaube ich.

Er versetzte dem Schreibtisch einen gigantischen Faustschlag.

– Das ist kein Spaß mehr, donnerte er. Ich zwinge mich jeden Tag zu einigen Stunden Milde, um mir mein Stückchen Paradies zu verdienen ... Meine Übungen in moralischem Wohlverhalten sind jetzt beendet.

Er erhob sich, ging um den Tisch herum und näherte sich drohend.

– Warum haben Sie Victor Baratet umgebracht?

– Aber ich habe ihn nicht umgebracht, protestierte ich. Ich habe ihn zum letzten Mal am 9. August abends im *Café de Flore* gesehen. Man hat Ihnen vielleicht berichtet, daß wir uns in der Wolle hatten. Er schuldete mir tausend Francs, und ich war abgebrannt ... und betrunken.

– Baratet wurde nicht seines Geldes wegen getötet.

Er machte kehrt und setzte sich wieder.

– ... Ein bißchen Zeit und Papier kann ich noch verschwenden, seufzte er. Sagen Sie mir also, womit Sie Ihre Zeit am Tage des 10. August verbracht haben. Und lügen Sie nicht mehr, als man ertragen kann.

– Am 10. August? Glauben Sie etwa, ich könnte mich an sämtliche Einzelheiten dieses Tages erinnern?

– Vielleicht ist gerade das interessant, an was Sie sich nicht mehr erinnern, sagte er ironisch.

Mit gerunzelter Stirn und ein wenig zögernd erzählte ich ihm meinen Vormittag bis zu dem Besuch bei Suzanne:

– Es muß so gegen dreizehn Uhr gewesen sein. Ich bat sie um Geld, und wir haben uns gestritten.

– Sie streiten sich oft, scheint mir.

– Ich hatte einen sitzen.

– Ohne Geld?

– Sie hatte mir etwas zu trinken gegeben. Wenn sie auch keinen Sinn für Hilfsbereitschaft hatte, so doch für Gastfreundschaft. Sie hat mir die Summe, die ich brauchte, verweigert. Sie meinte, ich solle mich an meinen Verleger wenden. Was ich auch tat, aber erst als mir nichts anderes mehr übriggblieb. Kurz und gut, wir haben uns angeschrieen, und ich bin wütend abgezogen. Danach ging ich zu Lepain, einem Typen, dem ich mindestens zehntausend Francs schulde. Er hat fünfhundert springen lassen. Danach muß ich noch eine Zeitlang im *Dôme* gewesen sein, um über meine weiteren Schritte nachzudenken. Ich entschied mich dann, zum allerletzten Mittel zu greifen und meinen Verleger anzupumpen. Einen Teil des Weges bin ich zu Fuß gegangen. Ich glaube, ich habe bei Sèvres-Babylone die Metro genommen. Danach ...

– Und Sie haben sich nicht an Baratet gewandt? Immerhin schuldete er Ihnen doch tausend Francs.

– Ich hatte keine Lust, den Gläubiger zu spielen. Am Tag vorher hatte ich mich deshalb schon so daneben benommen.

– Um wieviel Uhr waren Sie bei Ihrem Verleger?

– Um drei etwa. Ich habe ihm erklärt ...

– Das reicht. Wir werden versuchen, das zu überprüfen. Haben Sie keine Ahnung, wo Sie Ihr Taschentuch verloren haben könnten?

– Überhaupt keine.

– Aber wenn Sie erkältet waren, hätten Sie doch bemerken müssen, daß es verschwunden war ...

– Nein, eben nicht ... Ich hatte mehrere bei mir, verstehen Sie?

– Ich verstehe vor allem, daß Ihr Fall überaus unklar ist. Sie besuchen eine Frau, die anschließend fünfzig Kilometer von Paris entfernt ermordet aufgefunden wird. Der Ehemann dieser Frau wird ebenfalls ermordet. Schließlich läßt sich ein Spanier, den Sie beherbergen, aus unbekannten Gründen von falschen F.F.I. eine Überdosis Blei verpassen. Sie werden zugeben, daß das ein bißchen viel ist, selbst für einen Schriftsteller, der auf Abenteuerromane spezialisiert ist ...

– Ich bin der erste, der das bedauert, sagte ich.

– Wir wollen hoffen, daß sich Ihre Aufrichtigkeit erweisen wird, sagte er scheinheilig. Solange bedauere auch ich ...

– Was denn?

– ... Sie zu meiner Verfügung dabehalten zu müssen. Das Risiko, Sie verduften zu sehen, kann ich nicht eingehen.

Kapitel XIII
Die blutigen Fingerabdrücke

Man verbannte mich in eine düstere Zelle der Wache, wo sich auf einem schäbigen Strohsack ein schlecht angezogener Typ zu Tode langweilte. Meine Situation rekapitulierend, setzte ich mich in eine Ecke.

Es war seltsam, daß Magrenotte keinerlei Verbindung zog zwischen dem Zug, den ich genommen hatte, und dem, in dem die Leiche Suzannes entdeckt worden war. Bemerkenswert war auch, daß er in seinem letzten Baratet betreffenden Satz das Taschentuch nicht erwähnt hatte. Dieses Taschentuch war eine harte Nuß. Es trug mindestens zwei Abdrücke, die nicht meine waren. Jemand hatte es nach meinem Besuch bei dem Maler in der Hand gehabt. Der Mord an Pedro hatte mit den beiden vorangegangenen Verbrechen nichts zu tun. Der Spanier war irrtümlich getötet worden. Man wollte nicht ihn treffen, *sondern mich.* Ich glaubte, den Mörder zu kennen. Ich zählte darauf, daß die Post mir weitere Informationen liefern würde.

An diesem Punkt meiner Überlegungen angelangt, stand mein Zellengenosse ausspuckend auf und rief meinen Namen. Ich hob lediglich den Kopf. Mich wunderte nichts mehr.

– Na, grinste er, Kollabo?

– Oh, Jo! sagte ich, wobei ich ohne allzu große Überraschung Jo Lafosse wiedererkannte, eine der Sehenswürdigkeiten Frankreichs, seines Zeichens der geschickteste Schloßknacker des Landes.

In der Zeit, als ich noch Journalist war, hatte dieser fröhliche Strolch mich wegen einer famosen Reportage, die bei meinem Glück natürlich nie die Ehre gehabt hatte, auf irgendeiner Titelseite zu erscheinen, ins Milieu geschleust.

– Was machst du denn hier? fragte ich.

– Das sollte man viel eher dich fragen. Ich bin öfter hier als im *Claridge*. Bei dir ist es ja wohl eher die Ausnahme. Obwohl man hier bald nicht mehr weiß, wohin mit den Journalisten ... Kollabo, was?

Er schien darauf Wert zu legen. Ich mußte ihn enttäuschen und erzählte ihm, daß ich den Job gewechselt hatte und zwischen zwei Romanen ein paar Morde begangen hatte, um die Inspiration auf Touren zu bringen.

– Ich find's besser, daß du kein Kollabo bist. Ich hab' dich immer gemocht, und wenn du Kollabo wärst, würd' mich das anstinken. Aber wenn du kein Kollabo bist, bist du immer noch genauso verrückt.

– Und du?

– Ich war noch nie verrückt. Außer vielleicht ein Mal ...

– Ich frag' dich nicht, ob du verrückt bist. Ich frag' dich, was dich hierhergebracht hat.

Seine Augen mit den blau tätowierten Lidern flammten auf. Sein mageres Gesicht wurde bleich vor Wut:

– Üble Nachreden, zischte er. Mistkerle, die meine Haut wollen ..., die erzählt haben, ich wär' freiwillig zum Arbeitsdienst in Deutschland gewesen. Ich bin kaum drei Tage wieder hier und schon im Knast. Sie haben mich gestern geholt. Kollabo! ... (Er kaute schwer daran.) Die Leute reden, ohne Ahnung zu haben. Sie spucken ihre Urteile ganz schön fix aus, findest du nicht?

– Sie machen's wie du, wandte ich ein. Mir hast du eben dasselbe Mätzchen geliefert.

Jo der Tätowierte wurde schulmeisterlich:

– Das ist nicht dasselbe. Was hatte ich denn schon mit ihrer Kollaboration zu tun? Das frage ich dich. Wenn ich so ein Typ wäre, wie sie behaupten, hätte ich es nur wie Maurice Schiefmaul, ehemaliger Knastbruder von Arpajon, machen müssen. Er war bei der Gestapo in der Avenue Foch, mit seiner geschniegelten Nazi-Uniform. Und das, wo er noch '39, am 14. Juli, mit der Trikolore gewedelt hatte! Nennst du das einen Patrioten? Ach! Was für ein Elend! Und Tresen-Charlotte, Stotterer-Didi ...

Mit Verachtung zählte er ein Dutzend Honoratioren der Unterwelt auf, die, wie es schien, bei der Gestapo in der Avenue Foch bessere Nazis gewesen waren als Hitler persönlich.

– Du scheinst über die Gegend Bescheid zu wissen, sagte ich.

– Ich werd' dafür bezahlt. Sie haben mich geschnappt, als ich gerade aus dem Bett sprang. Scheint, daß ich mich geweigert habe, in Deutschland zu arbeiten. Tatsache ist, daß ich auf ihre Einberufung ein wenig gepfiffen habe. Kurz und gut, sie haben mich gegriffen, grad' so, als könnt' ich versuchen, Opium zu verscherbeln. Ich hatte Investitionen getätigt und ganz hübsch Kohle gemacht. Ich weiß nicht mehr, was sie mir vorhielten. Die Anmachen der Bullen, ob nun Franzosen oder Deutsche, sind immer ein bißchen vage. Sie wollen, daß du zusammenknackst. Ich hab' nur einen Polypen gekannt, der halbwegs in Ordnung war. Um ihm nichts zu schulden, hab' ich ihm übrigens alles zurückgezahlt. Bei den Jungs will ich nicht in der Kreide stehen. Um auf meine Geschichte zurückzukommen, so hab ich die Sache rankommen lassen. Sie haben nicht allzusehr auf mir rumgehackt. Immerhin waren es ja ehemalige Kumpels! Deshalb waren sie in gewissem Sinne aber trotzdem Schweine. Sie haben mich eingeladen, in einer Fabrik in Deutschland Späne zu hobeln. Und das mir, der noch nie malocht hat. Kannst du dir vorstellen, daß sie meine Schwachstelle kannten? Sie wollten garantiert meinen Tod. Da hab' ich versucht abzuhauen. Nichts zu machen. Schließlich habe ich dieser Tage den Rückzugtrubel aus Frankreich genutzt. Und nun stell dir vor: seit meiner Rückkehr behandeln sie mich als Freiwilligen! Ich und Freiwilliger! Ich hab' noch nie freiwillig für jemanden was getan und ganz bestimmt nicht gearbeitet, ach nein, sowas!

Tief angeekelt spuckte er aus.

– Das wird sich aufklären, sagte ich, um ihn zu trösten.

– Ich weiß ja, daß ich ein ehrbarer Mann bin, sagte er, indem er sich an die Brust schlug. Aber das reicht nicht. Ich hab' sechs Vorstrafen wegen Einbruch. Freiwilliger oder nicht, *sie* werden das ausnutzen und mich für eine ganze Weile einbuchten. Verfluchter Mist! Und das gerade jetzt, wo ich all meine Freiheit bräuchte, um den Hurensohn auszugraben, der ...

Ein kräftiger Fußtritt erschütterte die Tür. Der Spion wurde aufgeklappt:

– Werdet ihr da drinnen wohl die Schnauze halten? brüllte der Wärter. Oder soll ich etwa reinkommen?

Jo der Tätowierte legte sich ohne ein weiteres Wort wieder hin. Er schien nicht unzufrieden damit, unterbrochen worden zu sein.

Am nächsten Morgen gegen sechs Uhr wurde ich in Magrenottes Büro geführt. Der Inspektor war nicht allein. Ein Typ, den ich nur von hinten sah, paffte, dem Rauch nach zu urteilen, der ihn einhüllte, eine riesige Pfeife. Ich konnte gerade noch feststellen, daß die Jacke, die er trug, ihm ein wenig zu weit war, als der Mann sich umdrehte:

– Man fängt an mit überfahrenen Hunden in den vermischten Nachrichten, dann schreibt man mit Leichen gepflasterte Romane und schließlich mischt man selbst mit und begeht ein Verbrechen, was? warf er mir fidel hin.

– Ich frage mich, warum Sie mir so ins Gesicht höhnen, gab ich zurück.

Er mußte etwa fünfzig Jahre alt sein. Das, was der Bart

und der schwarze Schnauzer von dem gebräunten, ausgemergelten Gesicht sehen liessen, war schlaff.

– Apropos Gesicht, fuhr er grinsend fort, ich bin ziemlich zufrieden mit meinem.

Er wandte sich an Magrenotte:

– ... Er erkennt mich nicht wieder.

Der Inspektor lächelte verkrampft:

– Ich stelle Ihnen einen Mann vor, der für Sie bürgt, sagte er mit einer Spur Bedauern. Es scheint, daß Sie früher der beste Mensch der Welt waren. Es ist der Herr Kommissar von der mobilen Einsatztruppe in Belfort.

Mir klappte die Kinnlade herunter.

– Prosper Beaufort? Ich hätte Sie nicht wiedererkannt, gestand ich.

– Das ist sogar Polizisten vom Fach passiert, gurrte er, wobei er mit einer Hand seinen Bart streichelte und mir die andere hinhielt.

Ich bin noch niemals hinter der Hand eines Kommissars hergerannt, seine aber schüttelte ich mit Vergnügen. Mir dämmerte, daß ich ihm eine Opferkerze schuldete.

– Ich glaube nicht, daß ich Sie seit meinem Abschied vom *Réveil* schon einmal wieder getroffen habe, sagte ich. Ich habe Ihren Namen in der Presse nie mehr gelesen. Und Sie haben nicht mal zugenommen. Wo sind Sie also abgeblieben?

– In der Résistance natürlich! rief er aus.

Beinahe wäre mir herausgerutscht: „Wie alle!“, ich hielt aber an mich. Vielleicht war es ja sogar wahr. Ich beschränkte mich darauf, kleine, wenig verräterische „Ahs“ und „Ohs“ von mir zu geben.

– Ich komme sozusagen direkt aus dem Maquis, fuhr er fort. Genau zur richtigen Zeit, um Sie aus der Klemme zu holen ... Denn schließlich bin ich Ihnen das schuldig. Sie haben mir das Leben gerettet.

– Ich? Ich soll Ihnen das Leben gerettet haben?

Nicht möglich! Das Gefängniskrankenhaus war viel zu nah. Das färbte ab.

– Aber ja doch, Sie! lachte er, meine Verwirrung

genießend. Ich werde Ihnen das später erklären. Sehen wir uns zuerst einmal Ihre Geschichte an und machen Klarschiff.

– Wir haben Ihre Angaben im Rahmen des Möglichen überprüft, erläuterte Magrenotte beinah freundlich. Bis auf Ihren Freund Lepain, den wir nicht finden konnten ...

– Er ist mit einem Mädchen auf und davon, sagte ich.

– ...Bis auf Lepain also bestätigen sämtliche von uns befragten Zeugen Ihre Angaben. Die Concièrge von Suzanne Bertin erinnert sich an Ihre Ankunft und Ihren Weggang bei ihrer Mieterin. Bei Baratet scheinen Sie nicht gewesen zu sein, weder in der Stunde seines Todes, noch vor- oder nachher. Beachten Sie, daß Sie so gut wie kein Alibi haben, was aber eher für Sie spricht. Ich sehe also keinen Grund mehr, Sie noch länger zu verdächtigen, umsomehr als der Herr Kommissar der Ansicht ist, daß man Ihrem Bericht Glauben schenken kann. Übrigens habe ich Sie nie wirklich für schuldig gehalten.

Ich reckte die Arme zum Himmel und ließ sie laut auf meine Knie zurückfallen:

– Herrje! Und das soll wahr sein? Und warum haben Sie mich trotzdem die Nacht in der Zelle verbringen lassen?

– Zwei Vorsichtsmaßnahmen sind besser als eine, sagte er entschuldigend.

– Sagen Sie mal, Refreger, griff Beaufort ein, haben Sie sich wirklich mit Suzanne Bertin gestritten ...?

– Ja.

– Heftig?

Ich antwortete: „Heftig genug", und Magrenotte bestätigte, daß die Nachbarn einen lauten Wortwechsel gehört hatten.

– Ich habe bemerkt, daß Sie, wenn Sie wütend sind, stark gestikulieren. Hielten Sie während des Streites Ihr Taschentuch in der Hand?

– Oh! Sicherlich. Ich mußte mich ständig schneuzen.

– Könnten Sie es nicht in der Hitze des Streites und bei Ihrem brüsken Abgang fallengelassen haben, ohne es zu bemerken?

Diese Hypothese kam mir mehr als gelegen. Um aber

keinen Verdacht zu erregen, hielt ich mich zurück und stürzte nicht wie ein Hund auf den Knochen. Ich ließ eine kleine Weile verstreichen und zog ein zweifelndes Mäulchen:

– Das ist möglich.

– Ich sage Ihnen das, sprach Prosper Beaufort langsam, weil das Taschentuch neben Ihrem Abdruck, der vom Schmutz des Feuerzeuges herrührt, noch andere trägt. Blutige Abdrücke. Die von Baratets Ex-Frau.

Kapitel XIV
Hilfspolizist

Ermuntert von Kommissar Prosper Beaufort, der mit der Affäre genauso vertraut zu sein schien wie sein Untergebener, setzte Magrenotte mich ungewohnt bereitwillig ins Bild.

Ich lauschte gespannt.

Der Mord an Baratet war um sieben Uhr abends entdeckt worden. Durch das geöffnete Fenster hatte ein Nachbar den leblosen Körper des Malers ausgestreckt auf dem Teppich des Ateliers liegen sehen. Die alarmierte Polizei hatte die Tür aufgebrochen. (Ich erinnerte mich nicht daran, den Schlüssel mitgenommen zu haben. Ich war sogar vom Gegenteil überzeugt.)

Der Mörder war vermutlich weniger kräftig als das Opfer; er hatte Baratet von hinten überrascht und ihm einen spitzen und scharfen Gegenstand, der nicht gefunden worden war, in den Rücken gestoßen. Das neben der Leiche liegende Taschentuch wies zwei Sorten von Fingerabdrücken auf, die dem Erkennungsdienst unbekannt waren: die Abdrücke A1 und B1 und B2. Der Abdruck A1 war meiner. Das Verbrechen war zwischen zwölf und sechzehn Uhr begangen worden. Die Concièrge von Baratet hatte gegen fünfzehn Uhr beobachtet, wie Suzanne zu ihrem Mieter hinaufging. An ihrem Benehmen war nichts Auffälliges gewesen. Beim Herunterkommen jedoch schien sie äußerst erregt gewesen zu sein.

Am nächsten Tag erhielt die Pariser Polizei die Fingerabdrücke und die Personenbeschreibung einer jungen unbekannten Frau, die in Étampes in einem Zug tot aufgefunden worden war. Die Abdrücke entsprachen denen, die in der Akte der Affäre Baratet unter der Bezeichnung B1 und B2 geführt wurden. Diese Entdeckung brachte die Kripo dazu, die Leiche anzufordern. Sie wurde als die von Suzanne identifiziert.

Baratet und Suzanne waren verheiratet gewesen. 1932 hatten sie sich scheiden lassen. Baratet besaß in Marolles, nahe der Eisenbahnlinie Paris-Orléans, eine Hütte, die man nur in dichterischem Überschwang als Landhaus bezeichnen konnte. (Vom Hörensagen wußte ich von der Existenz dieses Hauses.) Man hatte in der Umgebung bereits Nachforschungen angestellt und Anwohner befragt.

Schlußfolgerung aus dieser Untersuchung: Suzanne und eine oder mehrere Personen hatten sich in der Nacht vom 10. auf den 11. August dorthin begeben. Höchstwahrscheinlich im Auto, dafür sprachen ein Ölfleck auf der Straße sowie Reifenspuren. Im Inneren des Hauses lag ein geöffneter Koffer mit doppeltem Boden – seines Inhaltes entleert? –, und zurückgelassen, wie er war. Verschiedene Spuren von hohen Absätzen ließen darauf schließen, daß eine Frau gerannt – geflohen? – war. Auf die Fliehende waren Schüsse abgegeben worden. (Die Detonationen waren von Bauern gehört worden – und vielleicht auch von mir –, die sie dem Krieg zugeschrieben hatten.) Drei aus verschiedenen Entfernungen abgefeuerte Kugeln hatten Suzanne getroffen. In diesem Moment stand der letzte Zug, der am Abend den Gare d'Austerlitz verlassen hatte, auf dem nahen Gleis, weil ein betrunkener Reisender die Notbremse gezogen hatte. Suzanne hatte sich in einen leeren Waggon geschleppt und war beinahe sofort gestorben. Ihre Leiche war am nächsten Morgen entdeckt worden. Die Ermittlungsbeamten hatten Suzannes Tasche auf dem Fluchtweg entdeckt. Eines der Projektile hatte den Tragegurt abgetrennt, und sie war ins Gras gefallen.

Aufgrund der weiteren Ereignisse konnten die Ermittlungen nicht fortgeführt werden.

Alles in allem reihten sich zahlreiche Fragezeichen aneinander: Warum und von wem war Baratet ermordet worden? Warum hatte sich Suzanne nachts mit einem oder mehreren Unbekannten in die Villa ihres Ex-Mannes begeben? Was hatte der Koffer mit doppeltem Boden enthalten? Warum und von wem war Suzanne mit Schüssen verfolgt worden? Etc., etc. Ich glaubte imstande zu sein, einige dieser Fragen zu beantworten, hütete mich aber, dies den Polizisten zu sagen.

– Sicherlich wundern Sie sich, mein Alter, sagte Beaufort, daß trotz der Ereignisse – die Amerikaner rückten vor und wir befanden uns nur wenige Tage vor dem Aufstand – die Ermittlungen mit soviel Eifer geführt wurden: Überführung der toten Frau, Ermittlungen in Marolles etc. Gerade wegen dieser Ereignisse haben wir uns so angestrengt. Inspektor Margenotte, der im Gegensatz zu mir nicht gezwungen war, sofort nach der Unterzeichnung des Waffenstillstandes die Flucht zu ergreifen, *machte sich deshalb nicht weniger Gedanken als ich* (der Inspektor setzte das verständige Lächeln desjenigen auf, der seit der Wiege Widerstand geleistet hatte) und witterte sofort mehr als ein banales Montparnasse-Drama. Für ihn hatten die Deutschen ihre Hand im Spiel ...

– Die Deutschen?

Man lernte hier stündlich dazu.

– Beachten Sie bitte, sagte Beaufort, daß die von den Besatzern errichteten Straßensperren nur deutschen Wagen die Durchfahrt gestatteten, daß die Waffe, derer man sich bei der Ermordung Baratets bedient hatte, dieselben Verletzungen hervorrief wie die Offiziersdolche der Wehrmacht, und daß die im Körper von Suzanne Bertin gefundenen Kugeln gängige Mauser-Munition waren ... Und wegen dieser letzten Einzelheiten, fügte er lächelnd hinzu, hat der Inspektor, trotz des Taschentuchs, nicht einen Moment lang an Ihre Schuld geglaubt.

Ich war da nicht so sicher. Aber ich war zu erregt von dem, was ich gerade erfuhr, um herumzumeckern.

– Und das Taschentuch selbst? fragte ich.

Er zuckte mit den Schultern:

– Sie haben es bei der Toten verloren. Hat sie es aufgehoben, zu Baratet mitgenommen, ihn getötet und es dann selbst neben der Leiche verloren? ... Hm, ich glaube eher, daß ihr jemand das Verbrechen in die Schuhe schieben wollte, und dieser jemand könnte sehr gut ihr eigener Mörder sein, der damit also ein Doppel-Mörder wäre.

Das glaubte ich auch.

– Und Pedro Esteban?

– Keinerlei Verbindung, sagten die beiden Polypen einstimmig. Zumindest auf den ersten Blick nicht. Wenn es kein Verbrechen der Miliz war, muß es sich um eine politisch motivierte Rache handeln ...

– ... Apropos, fuhr Margenotte jetzt fort, wir haben den Wagen wiedergefunden. Selbstverständlich war er einem echten F.F.I.-Hauptmann geklaut worden. Ich habe heute morgen ein Telegramm bekommen. Er wurde verlassen in der Umgebung von Massiac, in der Auvergne, aufgefunden. Das erscheint mir derartig seltsam, daß ich mich frage, ob es wirklich das Auto ist, das uns interessiert.

Mir fiel plötzlich etwas ein, was mich verstörte:

– Ich denke gerade an etwas, sagte ich.

– An was denn?, fragten sie aufmerksam.

– Oh, das hat nichts damit zu tun. Etwas Persönliches. Ich denke ...

Beunruhigt sah ich Magrenotte an.

– ... daß Sie, um meine Angaben zu überprüfen, bei meinem Verleger waren. Ich hoffe nur, daß Ihr Besuch bei ihm mir nicht zum Nachteil gereicht. Sie wissen ja, wie das ist ...

– Da können Sie ganz beruhigt sein, protestierte er, wir waren äußerst taktvoll. Außerdem haben wir Ihren Verleger gar nicht zu Gesicht bekommen, sondern nur seine Sekretärin. Monsieur Gronard war außer Haus. Unser Besuch bei ihm wird ihm vielleicht gar nicht zu Ohren kommen.

– Kommen wir auf Baratet zurück, schlug Prosper Beaufort vor. Sie können sich ja denken, daß wir Ihnen die ganze Geschichte nicht wegen Ihrer schönen Augen so lang und breit erzählt haben. Wir zählen auf Ihre Hilfe.

Ziehen Sie nicht so ein Gesicht. Der Mörder ist vielleicht nicht mehr in Paris, oder er hat sich nicht weggerührt. Er ist ein Deutscher oder ein im Dienst der Deutschen stehender Franzose ...

– Oder ein Türke, sagte ich.

– Warum nicht? Das Ganze ist in Montparnasse geschehen, in einem kosmopolitischen und exzentrischen Milieu, wo wir schon lange aufs Korn genommen werden. Die Künstler wittern uns noch schneller als die Zuhälter vom Faubourg Saint-Denis. Wir können praktisch nichts mehr machen, ohne daß Alarm geschlagen wird. Wenn aber die Ermittlungen von einer unverdächtigen Person durchgeführt werden ... Ermittlungen ist vielleicht ein zu großes Wort, fügte er zuckrig hinzu. Sagen wir, daß Sie sich darauf beschränken, uns einige Informationen zu liefern.

– Infor... Informationen, was bitte?

Er lächelte:

– Ich dachte, Künstler wären von solchen Vorurteilen frei. Haben Sie etwa Angst vor Wörtern? Sehen Sie, mein Guter, ich biete Ihnen die Möglichkeit, die außergewöhnlichen Kombinationsgaben Ihrer Romanhelden praktisch zu erproben ...

Ich gelobte mir, mich aufmerksam in einem Spiegel zu betrachten, sobald ich die Muße dazu hätte. Offenbar besaß ich eine richtige Sherlock Holmes-Visage, denn innerhalb weniger Tage hatten mein Verleger und ein Polizist mir vorschlagen, den Privatdetektiv zu spielen. Und mir war wieder eingefallen – seit einer halben Stunde sprachen wir zu viel von Deutschen –, daß Hans Wilhelm Verden mir damals denselben Vorschlag gemacht hatte.

– Lassen Sie die Romane in Ruhe, brummte ich. Hätten Sie etwa an mich gedacht, wenn ich nicht aus Blödheit das Taschentuch verloren hätte?

– Bestimmt nicht, gestanden sie losprustend ein.

– Sie sind ein gerissener Hund, sagte ich zum Kommissar. Ist das auf Ihrem Mist gewachsen?

– Ich dachte nur, daß Sie sich auch nützlich machen könnten, da Sie ja nun schon einmal hier sind.

– Das reicht. Was soll ich tun?

– Verbringen Sie Ihre Tage in Montparnasse, im *Flore*, kurz und gut überall. Spitzen Sie die Ohren, provozieren Sie vertrauliche Geständnisse. In Ihrer Eigenschaft als Kriminalschriftsteller ... ist das der richtige Ausdruck?

– Im vorliegenden Fall trifft er zu, bemerkte ich trocken.

– Gut. In Ihrer Eigenschaft als Kriminalschriftsteller ist es normal, daß Sie sich für Verbrechen interessieren, vor allem für solche, die in Ihrer Umgebung begangen wurden ... Niemand wird da mißtrauisch werden ... Hören Sie sich also um, sehen Sie hin, ergreifen Sie die Initiative, wenn es nötig ist, aber nicht zu sehr, und halten Sie uns auf dem Laufenden ...

– Das wird mir ja viel Zeit zum Arbeiten lassen, stöhnte ich.

– He da, dröhnte er, spielen Sie nicht den Fleißigen. Jeder weiß, daß Schrifsteller Faulpelze sind.

Ich zuckte mit den Schultern. Wenn sie sich einbildeten, mich ärgern zu können, täuschten sie sich.

– Bevor wir uns trennen, griff Magrenotte ein, erzählen Sie uns noch ein wenig von den Opfern. Wovon lebte zum Beispiel Suzanne Bertin?

– Sie machte ein bißchen Theater und Kino, sagte ich. Der größte Teil ihrer Einkünfte stammte allerdings aus Übersetzungen.

– Welcher Art?

– Literatur. Englische und deutsche. Sie sprach beide Sprachen perfekt.

– Wir konnten nicht feststellen, ob sie in der Résistance aktiv war. Können Sie dazu etwas sagen?

Ich antwortete, daß ich das nicht könne und daß ich absolut nicht wüßte, ob die Kenntnis der deutschen Sprache sie in Kontakt mit den Besatzungsbehörden gebracht hatte.

– Und Baratet?

– Ein echter Bohémien. Alle möglichen Künste und keine. Maler, Dichter, Klatschkolumnist. Er war sogar Regieassistent beim Film. Vor allem aber Maler. Er hat den jetzigen Vorhang im *Bobino* gepinselt. Er lebte vor allem von Kopien ... Kopien berühmter Gemälde, die die guten Bürger bei ihm bestellten ... Sie waren zwar teurer als die Farbdrucke aus dem Kaufhaus, aber dafür künstlerischer ... Baratet war ziemlich geschickt.

– Das kann man laut sagen, warf Magrenotte dazwischen. Wissen Sie, was er im Jahr 1930 gemacht hat?

Ich sah ihn blödsinnig an:

– Ich muß ihm zum ersten Mal um 1937/38 begegnet sein. In der Zeit, in der ich auch Suzanne kennengelernt habe. Ich weiß absolut nicht, was er sieben Jahre früher getan haben könnte

– Kopien ... immer Kopien, lachte der Inspektor. Aber sorgfältige Kopien, die nicht für Straßenhändler bestimmt waren ... Kopien, die er teuer verkaufte, zum Originalpreis, oder beinahe ... Knut Jorissen, ein Sammler aus Oslo, kaufte ihm auf diese Weise zwei wunderbare Millets ab ... Das Geschäft endete mit einem glatten Verlust und großem Gelächter für den Norweger sowie mit achtzehn Monaten Gefängnis für den Fälscher ... Dieser erzwungene Rückzug brachte Baratets Ehe aus den Fugen, und die während der Haftstrafe eingereichte Scheidung wurde nach seiner Entlassung aus dem Kittchen ausgesprochen.

– Großartig! rief ich aus.

– Für einen Libertin ist er komisch, meinte der Kommissar. Ein Nichts verblüfft ihn.

– Das ist nicht Nichts, antwortete ich.

– Es reicht, schnitt er ab. Dieser Jugendirrtum ist ohne Bedeutung. Magrenotte hat Ihnen das nur erzählt, um Ihnen einen Eindruck von unserer Wissenschaft zu vermitteln und Sie davor zu warnen, uns etwas zu verbergen. Und jetzt führen Sie Augen und Ohren von Vavin bis Saint-Germain-des-Prés spazieren.

– Auf die Ehre, das Kittchen als Hilfspolizist zu verlassen, war ich nicht gefaßt, erklärte ich, den Hocherfreuten spielend. Das ist eine genauso unerwartete Wendung wie in meinen Romanen, und es wäre undankbar von mir, Ihnen deshalb böse zu sein. Aber kommen Sie mir nicht grob. Immerhin scheine ich Ihnen ja das Leben gerettet zu haben!

Bei dieser Erinnerung wurde Prosper Beaufort wieder sanfter:

– Bleiben Sie noch einen Moment, ich will Ihnen noch etwas erzählen. Erinnern Sie sich an Lafosse, Jo den Tätowierten, den Luftkletterer? Wissen Sie, daß ich ihm eines Tages, auf Ihr Drängen hin, eine Verhaftung erspart habe? An jenem Tag war ich wirklich gut beraten, auf Sie zu hören. Als ich vor zwei Jahren wie eine Ratte gehetzt durch Marseille rannte, stolperte ich doch glatt über meinen Jo. Ich wußte, daß der gute Mann in Ordnung ist. Also fackelte ich nicht lange und setzte ihm meinen Fall auseinander. „Schon gut", sagte er. „Ich schulde Ihnen noch eine Opferkerze." Und während man mich in Résistance-Kreisen suchte, die echte Mausefallen geworden waren, versteckte ich mich in der Marseiller Unterwelt. Nicht schlecht für einen Ex-Kommissar der mobilen Einsatztruppe, was?

– Das war eine schöne Wie-du-mir-so-ich-dir-Geschichte, sagte ich.

– Und so haben Sie mir indirekt das Leben gerettet.

– ... aber ich kenne noch eine andere, fuhr ich fort.

– ... eine andere was?

– Wie-du-mir-so-ich-dir-Geschichte. Sie spielt in einem Wetterhäuschen. Je nach Sonne oder Regen öffnet der Polyp dem Einbrecher die Tür, oder der Einbrecher rettet dem Polypen das Leben.

– Sie sind immer noch genauso verrückt, sagte er, während er die Lippen spitzte und sein Bart zitterte.

– Der Typ, mit dem ich die Zelle teilte, hat sie mir gestern abend erzählt. Ein gewisser Joseph Lafosse, genannt Jo der Tätowierte.

– Nein! Sitzt er schon wieder?

– Wie im Kloster. Aber Sie werden ihn da rausholen. Schließlich hat er Ihnen wirklich das Leben gerettet.

– Aber das ist ein Teufelskreis, rief der Kommissar. Ich kann meine Zeit doch nicht damit verbringen, Strolche aus dem Knast zu holen. Sie würden aus mir einen komischen Polypen machen, wenn ich auf Sie hörte.

Wir diskutierten volle zehn Minuten. Von seiner Unschuld überzeugt, vertrat ich die Sache von Jo. Mit dem

Bart in alle Richtungen stechend, bequatschte Prosper Beaufort anschließend Magrenotte, und weitere fünf Minuten vergingen. Dann telefonierte er und fragte nach Einzelheiten. Meinerseits wollte ich nun auch eine wissen:

– Was genau wirft man eigentlich Hauptmann Dugommier vor?

Am Vortag hatte ich gelesen, daß der Offizier vorläufig auf freien Fuß gesetzt worden war.

– So gut wie nichts, grinste der Inspektor. Durch seine Schuld wurden bloß ein paar Typen füsiliert.

Ich sah den Bärtigen unschuldig an.

– Man soll sich auf die Socken machen und Jo rausholen, preßte er heraus. Er soll sich aus dem Staub machen, und ich will nichts mehr davon hören.

Jo der Tätowierte und ich verließen den Quai des Orfèvres zusammen. Inzwischen hatte ich auf der Wandkarte in Magrenottes Büro gesehen, daß Massiac im Cantal, wo der Wagen von Pedro Estebans Mördern gefunden worden war, kaum fünfundzwanzig Kilometer vom Viadukt von Garabit entfernt lag.

Kapitel XV
Der lachende Blinde und die erwürgte Katze

Joseph Lafosse stellte sein Glas auf die Theke zurück, wischte sich mit dem blau tätowierten Stern, der seinen Handrücken zierte, den Mund ab und warf einen mißtrauischen Blick in die Runde. Abgesehen vom Wirt, der den Fliegen zusah, und dem Kellner, der Gläser spülte, waren wir in diesem kleinen Bistro am Boulevard du Palais allein.

– Ich mag das nicht, knurrte Jo.

– Was denn?

– Bei den Bullen in der Schuld stehen. Das widerspricht meinen Prinzipien. Dieser Prosper hat mich einmal laufenlassen. Dann hab' ich ihm aus der Klemme geholfen. Gut. Wir waren quitt. Und jetzt fängt er wieder an. Dahinter steckt irgendwas ...

Ich antwortete, daß dahinter gar nichts stecke, daß der Kommissar einfach nur dankbar dafür sei, daß er ihm damals die Verhaftung erspart hätte. Die Verhaftung eines Kommissars! Das muß man sich mal vorstellen! Jo belustigte sich zwei Minuten und schüttelte dann ernst den Kopf:

– Bullentricks. Ich bin da mißtrauisch. Ich werd' mich schnellstens verdrücken.

Ich schob meinen Arm unter seinen:

– Nicht bevor wir noch einen gehoben haben, ich hab' einen Mordsdurst.

– Dann aber schnell. Dieses Viertel ist ungesund.

Der Kellner füllte die Gläser. Jo leerte seines zur Hälfte und blickte dann mit halbgeschlossenen Lidern versonnen vor sich hin. Seine Augen waren nur noch eine horizontale Linie, und ein meditatives Grinsen hob einen Winkel seiner Oberlippe, hinter der ein gelber und spitzer Reißzahn hervorlugte. Er zündete sich eine Zigarette an, durchquerte dann den Raum und ging zu den Toiletten. Er kam mit einer Zeitung, die er wohl auf einem Tisch gefunden hatte, zurück. Nachdem er sie zusammengefaltet hatte, ließ er sie in seiner Tasche verschwinden. Sein messerklingenförmiges Gesicht schien noch spitzer geworden zu sein. Bevor ich noch eine Bemerkung machen konnte, verschmähte er den Rest Flüssigkeit in seinem Glas, brabbelte ein „Ich kapier' das immer weniger, dahinter steckt bestimmt irgendwas", sagte mir auf Wiedersehen und verschwand.

Im Faubourg Saint-Honoré überraschte ich Simone dabei, wie sie unsere Sachen packte. Sie hörte auf, das Kind, das ihr die Arbeit schwer machte, zu schikanieren und erklärte mir die Gründe für die Abreisevorbereitungen:

– Agathe versteht nicht, wie man etwas mit Polizisten zu tun haben kann, außer um sie nach dem Weg zu fragen. Es hat ihr ganz und gar nicht behagt, wie sie hier gestern eingefallen sind. Vorwurfsvoll hat sie mir eine Moralpredigt gehalten: „Und dabei kannte ich schon eine Menge Künstler. Das waren anständige Leute, die nicht tranken und von der Polizei in Ruhe gelassen wurden." Unter diesen Umständen räumen wir wohl besser das Feld und kehren nach Fontenay zurück ...

– Das wird ja ein schöner Marsch werden, mit dem Rucksack und dem Kinderwagen samt Kind, aber es ist wohl das Vernünftigste, stimmte ich zu.

Ich lachte:

– ... Was würde sie erst sagen, wenn sie wüßte, woher ich komme.

– Woher kommst du denn übrigens?

– Aus dem Kittchen. Ich hab dort den Tag und die Nacht verbracht. Man wollte mich mehr oder weniger wegen Mordes anklagen, aber der Irrtum wurde aufgeklärt ...

– Was für ein Glück.

– Ich habe dort einen alten Freund wiedergetroffen.

– Von welcher Sorte?

– Die Sorte, die deiner Madame Lormand gefallen würde. Ein Typ, der nicht trinkt und bis in die Fingerspitzen Künstler ist, denn er ist auf dem ganzen Körper tätowiert. Er heißt Jo und ist der geschickteste Einbrecher Frankreichs.

– Man sollte ihn Agathe vorstellen, prustete Simone los.

Wir sammelten unsere Siebensachen zusammen und verabschiedeten uns ziemlich unterkühlt von Madame Lormand. Knochenlahm gelangten wir Schlag vier in unsere Wohnung. Freudig nahmen wir sie wieder in Besitz. Während meines kurzen Besuchs hatte ich eine Nachbarin damit beauftragt, sie durchzulüften und die Spuren des tragischen Todes von Pedro Esteban zu beseitigen. Das Badezimmer war so sauber wie noch nie. Dennoch durchrieselten mich kalte Schauer, als ich einen Blick hineinwarf.

Während wir begannen, uns einzurichten, entdeckte das an den Lichtschaltern herumspielende Kind, daß von Zeit zu Zeit ein wenig Strom verteilt wurde. Wir stellten ebenfalls fest, daß es zwar in Paris kein Gas gab, in unserem Vorort aber wohl. Wir hatten also durch die Rückkehr an den heimischen Herd nichts eingebüßt. Wir freuten uns, bis auf dem Hof Geschrei laut wurde. Ich hörte meinen meinen Namen und ging zum Küchenfenster. Es war die Concièrge:

– Es wurde ein Paket für Sie abgegeben, blaffte sie. Ich wünsche, daß Sie es bei mir abholen.

– Ich komme gleich runter, sagte ich.

– Oh nein, protestierte sie wütend. Kommen Sie sofort, oder ich schmeiße es ...

– Teufel! dachte ich, was kann das nur sein? Was für eine blöde Furie! Befreiung oder nicht, sie ändert sich nie ...

– Ich komme, rief ich ihr zu.

Sie erwartete mich auf dem Absatz ihrer Loge, in den Fingerspitzen ein Paket von der Größe eines Schuhkartons.

– Es wurde gestern hier abgegeben, erklärte sie. Höchste Zeit, daß Sie heimgekommen sind. Wenn das Lebensmittel sind, dann ist es reichlich spät dafür!

Sie hielt sich demonstrativ die Nase zu. Das Paket verströmte einen starken Fäulnisgestank.

Es waren zwar keine Lebensmittel, dafür aber offenbar eine Art geistige Nahrung.

Die Schachtel enthielt eine steife und verweste Katze mit fratzenhaftem Gesicht und glasigen Augen. Stranguliert worden war sie mit einem rosa Band, das sie noch um den Hals trug ...

... Wie in meinem Roman!

Mit einem Fluch schleuderte ich die mysteriöse Sendung in die Mülltonne und ging, nachdem ich meiner Concièrge einige knappe Fragen gestellt hatte, in das nächstliegende Café, um meine Gedanken zu ordnen.

Träumte ich? War ich das Opfer einer Halluzination oder eines geschmacklosen Scherzes? Letzteres schien mir am wahrscheinlichsten. Wenn die Zusendung der erwürgten Katze ein Schabernack war, weil sie – bis ins kleinste Detail – eine Episode meines augenblicklichen Romans in die Wirklichkeit holte, war doch die erste Episode, die man mir zu schmecken gegeben hatte, die mit der Postkarte nämlich, kein Scherz gewesen. Man hatte Suzanne nicht ermordet, um mir einen Streich zu spielen ...

Woher kam die erwürgte Katze, die ein Bote abgegeben hatte? Wer kannte den Inhalt meines augenblicklichen Buches? Fast alle meine Bekannten. Ich konnte ebensogut sämtliche Stammgäste, männliche und weibliche, des *Flore* und des *Dôme* verdächtigen, wie auch ... Philippe Gronard, meinen Verleger. Aber letzteren hatte ich bereits wegen etwas anderem in Verdacht, und aus diesem Grund kam er nicht in Betracht.

Ich fühlte, daß ich etwas Schlimmerem als einem Scherz gegenüberstand. Diese ungereimten Vorkommnisse waren Teil eines Planes, der mich in den Wahnsinn treiben sollte. Man hatte bereits versucht, mich umzubringen, genausogut konnte man ...

Ich begann zu spinnen. Derjenige, der versucht hatte, mich umzubringen – mich umbringen zu lassen –, hielt mich für tot. Die von ihm gedungenen Mörder hatten sich geirrt; statt meiner hatten sie Pedro umgelegt; da der Auftraggeber aber nicht wußte, daß ich den Spanier beherbergte und keine Zeitung von dem Verbrechen berichtet hatte, wußte er von dem Irrtum möglicherweise nichts und hatte folglich keinerlei Grund, mir das irrsinnige Päckchen zuzuschicken. Falls er es aber doch wußte, änderte sich alles, und er konnte der Absender sein. Allerdings war das Paket mit dem seltsamen Inhalt am Vortag abgegeben worden. Zu diesem Zeitpunkt war mein Mann in dem gestohlenen Auto in Richtung Auvergne unterwegs – oder war bereits dort. Von dem Irrtum seiner Waisenkinderfabrikanten wußte er immer noch nichts.

Mir all das ins Gedächtnis rufend, was ich über das deduktive Denken geschrieben hatte, entschloß ich mich, einen Punkt zu machen und eine Liste über das, was ich bisher wußte, anzulegen. Ich bewaffnete mich mit einem Blatt Papier und einem Stift, und nachdem ich ersteres auf den vom Rotwein geäderten Marmortisch gelegt hatte, begann ich konzentriert an dem Stift zu kauen. Als meine Kopfschmerzen stark genug waren, ging ich in meine Wohnung zurück.

Nachdem wir das Abendessen hastig verschlungen und das Kind ins Bett befördert hatten, war die Nacht nicht mehr weit. Um so weniger weit, als am Himmel Wolken aufgezogen waren. Ein warmer Wind kam auf. Den ganzen Tag war es schwül gewesen. Mitte September hatte der sterbende Sommer noch einige Gewitter in petto. Und die Elektrizität (die von der Elektrizitätsgesellschaft) glänzte durch Abwesenheit. Fontenay war in Dunkelheit getaucht.

Murrend tasteten wir uns ins Bett. Simone schlief sofort ein. Ich blieb wach, den Kopf voller Probleme. Stündlich hörte ich die Turmuhren der Umgebung. Unter den hastenden Absätzen der letzten Passanten hallte der Asphalt wider. Radfahrer sausten vorbei. Schwere amerikanische Lastwagen ließen das Haus erzittern. Auf dem nicht abgedeckten Tisch des Eßzimmers stießen zwei Gläser aneinander. Und dann herrschte Stille.

Sie war nicht vollkommen. Der Wind schüttelte die nahen Bäume, das sanfte Rascheln ihrer Blätter begleitete meine Schlaflosigkeit. Bisweilen störte dumpfes Donnergrollen die Stille. Weiter im Süden gewitterte es bereits. Durch die Spalten der eisernen Fensterläden und die Ritzen der schwarzen Verdunklungsvorhänge, die nicht mehr so hermetisch geschlossen waren wie während der Besatzung, sah ich mehr oder weniger regelmäßig den kurzen, violetten Lichtschein eines weit entfernten Blitzes.

Ich wälzte mich in meinem Bett. Mit nervtötender Langsamkeit schlug es Mitternacht. Da hörte ich den Mann. Von weitem. Ich glaube, ich fühlte seine Gegenwart, bevor ich ihn wirklich hörte. Dann begann es in meinem Kopf zu hämmern. Jemand kam das Trottoir entlang und schlug dabei mit einem Stock an den Bordstein. Das abgehackte Geräusch kam näher. Der einsame nächtliche Spaziergänger mußte sich mittlerweile vor dem Haus befinden, genau unter meinen Fenstern.

Dann geschah etwas, was ich erwartet hatte; etwas, von dem meine Nerven bereits wußten, daß es unvermeidbar war; etwas, das mich mehr durcheinanderbrachte als Pedro Esteban im Badezimmer, mit dem tödlichen Speichel auf den Lippen und dem Blut, das ihm aus dem durchsiebten Bauch strömte; etwas, das mir die Haare sträubte.

Ein langes sardonisches Gelächter stieg in die Nacht auf.

Im Bruchteil einer Sekunde war ich in kaltem Schweiß gebadet.

Mein Ensetzen dauerte nur kurz. Ich riß mich zusammen, stürzte zum Fenster und stieß die Läden auf. Im Zickzack eines Blitzes sah ich den Mann in einem hellen Trenchcoat. Sein bleiches, gen Himmel gerichtetes Gesicht verschwand beinahe hinter runden schwarzen Brillengläsern. Er entfernte sich langsam, wobei er mit seinem weißen Blindenstock an den Bordstein schlug.

... Der Roman ging weiter!

Kapitel XVI
Die Enthüllung

Diese gespenstischen Intermezzos wirkten auf meine Nerven nicht gerade wie Beruhigungsmittel. Im Morgengrauen aber, als ich es für vernünftiger hielt aufzustehen, anstatt weiter Schäfchen zu zählen, geschah, was in solchen Fällen immer geschieht: zerschlagen von Aufregung und Erschöpfung fiel ich in einen bleiernen Schlaf.

Ich erwachte erst gegen sechzehn Uhr. Simone saß an meinem Bett. Ihr beunruhigtes Gesicht drückte deutlich aus, daß sie mich für ein Opfer der Tse-Tse-Fliege hielt. Mein weiteres Verhalten war nicht gerade dazu angetan, ihre Sorgen zu zerstreuen. Dösend blieb ich ausgestreckt liegen. Ich war wirklich fertig.

Einigermaßen wiederhergestellt erwachte ich erst am nächsten Morgen. Simone brachte mich endgültig auf Trab, indem sie mir eine bernsteinfarbene Flüssigkeit zu trinken gab, deren Geschmack ich schon fast vergessen hatte. Es war Whisky, den sie sich bei einem Amerikaner besorgt hatte. Meine Frau war eine phantastische Krankenschwester.

Ich war gerade beim Rasieren, als es an der Tür klopfte. Es war die Post, die aus zwei Briefumschlägen bestand. Der eine kam von der Elektrizitätsgesellschaft und stank auf zehn Meter gegen den Wind nach einer Rechnung. Das entbehrte nicht einer gewissen Komik. Der andere, dick und ziemlich groß, trug in der nordwestlichen Ecke das Monogramm des Gronard-Verlages. Ich öffnete ihn. Er enthielt den Brief, den ich an mich selbst adressiert hatte, und den der Verleger mir nun übersandte. Beigefügt waren ein paar banale Floskeln. Die „e" der Maschine, mit der der kurze Text getippt worden war, verlangten nach einer Ausbesserung. Sämtliche „u" überschnitten sich mit dem vorherigen Buchstaben. Trotz des Luxuspapiers, des gravierten Briefkopfes und der schwungvollen Unterschrift Philippe Gronards vermittelte das Ganze einen Eindruck von der armseligen Maschinenausstattung seines Büros ...

Aber schließlich waren wir im Krieg ... und außerdem war es mir herzlich egal, ob die Schreibmaschinen meines Verlegers einer Reparatur bedurften. Was mich vielmehr interessierte, war, daß er mir den Brief nach Fontenay nachgesandt hatte ...

Versonnen rasierte ich mich weiter. Ich weiß nicht warum, aber meine Gedanken kamen immer wieder auf die fehlerhaften Schreibmaschinentypen zurück. Ich nahm den Brief wieder auf und untersuchte ihn gründlich. Das Ergebnis war, daß ich drei Etagen hinunterrannte und mich über die Mülltonne hermachte.

Die Müllabfuhr funktionierte noch nicht wieder normal. Dies hatte zwar den Nachteil, daß das Risiko von Epidemien bestand, der Vorteil aber war, daß man nach Herzenslust weggeworfene Dinge wiedersuchen konnte. Im vorliegenden Fall gestattete mir die fehlende Abfallbeseitigung, nach der Verpackung zu suchen, in der sich die erwürgte Katze befunden hatte; ich wollte die maschinengeschriebene Adresse des Paketes mit dem Brief Gronards vergleichen.

Beide Dokumente waren mit derselben Maschine geschrieben worden.

Wäre ich gerade dabei gewesen, einen meiner verfluchten Romane zu schreiben, hätte ich an dieser Stelle zwei Reihen Pünktchen gemacht oder sogar ein neues Kapitel angefangen, um den Leser die Überraschung in vollen Zügen genießen zu lassen. In diesem Bericht tue ich nichts dergleichen, denn die entdeckte Übereinstimmung hatte mich noch nicht befriedigt.

Je aufmerksamer ich die Schreibmaschinenschrift untersuchte, desto geheimnisvoller kam sie mir vor. Plötzlich ging ich fiebernd im Zimmer auf und ab und stieß die erstaunlichste Fluchkanonade meines Lebens aus. Nicht genug damit, daß Philippe Gronard mir den Brief nach Fontenay nachgesandt hatte ... Nicht genug damit, daß der Begleitbrief auf derselben Maschine geschrieben worden war wie die Adresse auf dem stinkenden Paket ... Nicht genug damit, daß mein Verleger mir über dieses Paket hinaus noch einen falschen Blinden schickte, der unter meinem Fenster dramatische Sketche aufführte. Hinzu kam noch ... dreimal verflucht ...!

Klopfenden Herzens begann ich meine Bibliothek auf den Kopf zu stellen, wobei ich den Fußboden mit zerfledderten Büchern übersäte. Ich wühlte mich durch den zentimeterdicken Staub von Zeitungsstapeln. Aus dem Keller schleppte ich kistenweise Papiere hoch, in deren Muff ich mich erfolglos herumwälzte. Schließlich löste sich aus einem halbvermoderten alten Kalender ein Blatt, auf dem ich unter anderem folgende Adresse entdeckte: „H.N., rue Nationale."

Sie war zwar nicht vollständig, und ich hatte nicht gefunden, was ich suchte, wenn aber die Frau von H.N. nicht Jüdin oder Widerstandskämpferin gewesen war, und auch nicht im deutschen Kugelhagel oder unter einer englischen Bombe ihr Leben gelassen hatte, standen meine Chancen, meine Zeit nicht ganz nutzlos vertan zu haben, nicht schlecht.

Von einem Nachbarn lieh ich mir ein Fahrrad und flitzte in Richtung XIII. Arrondissement.

Neben einer von Arabern frequentierten Kneipe öffnete sich ein Hauseingang, den ich durchschritt. Mit einer gesprenkelten Hand prüfte eine schleiereulenähnliche Greisin, ob ihr Bart trotz des Alters noch sproß.

– Wohnt Madame Nectaire noch hier? fragte ich.

– Im Anbau am Ende des Hofes, antwortete die Concièrge.

Ich gelangte vor den Anbau, der lediglich aus einer Hochparterrewohnung bestand. Aus dem geöffneten Fenster drang Rauch. Ich klopfte und trat ein, bevor ich darum gebeten wurde. Vor einem Ofen knieten eine Frau und ein Knirps und bemühten sich darum, Feuer zu machen. Bei meinem Eintritt schob der Kleine weiter brennendes Papier durch den Rost, in der verrückten Hoffnung, aus dem dahinter verkrochenen morschen Holz etwas anderes als Rauch herauszuschlagen. Die Frau erhob sich. Eine Strähne ihrer kastanienbraunen Haare fiel ihr ins Gesicht. Ihre Hände waren schmutzig. Mit einer Bewegung ihres Unterarmes vertrieb sie die Strähne.

– Guten Tag, Genossin Paule, sagte ich.

– Guten Tag.

Sie machte einen Schritt vorwärts, sah mich mißtrauisch an und gab schließlich ihre Zurückhaltung auf:

– Ach! rief sie aus. Jean ... Jean ... Bercher? Béget? Ich habe Ihren Namen vergessen. Aber Sie sind der Journalist.

– Der Genosse Journalist, korrigierte ich lächelnd.

Sie zuckte mit den Schultern:

– Wie Sie wollen. Aber all das sagt mir noch nicht, wie Sie heißen.

– Refreger.

Sie schnippte mit den Fingern:

– Refreger, genau! Ich wußte noch, daß es ein komischer Name war. Verzeihen Sie, daß ich Sie nicht sofort erkannt habe, fügte sie hinzu, aber Sie haben seit '39 wahrlich nicht zugenommen.

– Ich war in Gefangenschaft, erklärte ich, als ob ich direkt aus meinem Stalag käme. Ein Glück, das Henri Nectaire nicht zuteil wurde. Freunde haben mir von seinem Schicksal erzählt.

– Der Frankreich-Feldzug, wie man so schön sagt, hat zwar nicht lange gedauert, seufzte sie, aber lange genug, um ihn umzubringen. Er wurde im April eingezogen und ist im Mai gefallen. Ausgerechnet er, der gegen diese Schweinerei immer gekämpft hat ... Und was kann ich für Sie tun? fragte sie, das Thema wechselnd.

– Ich komme wegen Rudi Baumeister.

– Der Deutsche?

– Sieh an! erinnern Sie sich an diesen komischen Namen?

– Ich habe gerade an ihn gedacht.

– Ohne Witz? Nun gut! Im September '39 spürte Rudi, daß er sehr bald, wie alle seine Landsleute, eine Einladung in ein Internierungslager erhalten würde und suchte nach einem Ort, wo er sein Archiv in Sicherheit bringen könnte. Vielleicht erinnern Sie sich daran, daß wir es bei Ihnen untergebracht hatten ... (Ich wies mit meinem Zeigefinger auf den Boden.) ... in dem von Henri entdeckten Versteck. Ich würde gern einen Blick hineinwerfen.

Sie schüttelte den Kopf:

– Da kommen Sie ein bißchen spät, sagte sie. Der Papierkram ist nicht mehr hier. Baumeister war im Mai '40 selbst hier und hat ihn abgeholt. Er erzählte mir, er sei geflohen und habe die Möglichkeit, mit seinem gesamten Gepäck in die Schweiz zu gehen, bevor seine Landsleute eintreffen würden. Er wurde von zwei Typen begleitet. Sie haben alles mitgenommen.

Logischerweise hätte mich das nicht überraschen dürfen. Dennoch war die Enttäuschung riesig. Ich fluchte und setzte mich niedergeschlagen hin. Paule Nectaire sah mich erstaunt an.

– Ist es denn so schlimm? fragte sie.

– Hören Sie, sagte ich. Haben die den ganzen Kram mitgenommen? Ist wirklich gar nichts mehr hier?

– Zeitungen, gab sie zurück, wobei sie auf den rauchenden Ofen wies. Wir verfeuern sie gerade ... Wenn nicht schon alle verbrannt sind, so deshalb, weil ich erst heute entdeckt habe, daß Baumeister sie hier gelassen hat ... Darum habe ich, bevor Sie kamen, an den Burschen gedacht. Wenn ich mir vorstelle, daß ich die ganze Besatzung hindurch auf diesem Anti-Nazi-Dynamit gesessen habe.

Ein nachträglicher Schauer durchlief sie. Ich stand auf und ging zu dem Kleinen, der mit dem Fanatismus eines Hitlerjungen eine vergilbte Nummer des *Populaire* zerriß.

– Man hätte Sie kaum dafür belangen können, französische Vorkriegszeitungen zu besitzen, wandte ich ein.

– Ja. Aber das war ja nicht alles. Unter den Blättern habe ich einige Bögen Durchschlagpapier gefunden mit deutschen Texten. Ich verstehe von diesem Dialekt ja nichts, schätze aber, daß es nicht gerade Abschriften von Goebbels-Reden sind.

Ich ging zu der Frau zurück und packte sie am Arm.

– Zeigen Sie mir diese Papiere, rief ich aus.

Sie machte sich los.

– Sie sind zuerst in den Ofen gewandert ... Deutsche Literatur im Haus zu haben, ist nie gut.

– Es müssen noch andere da sein, sagte ich nervös. Helfen Sie mir suchen ... Und du auch, Kleiner. Danach kannst du weiter zerreißen. Und wenn du ein blaues, maschinengeschriebenes Blatt findest, kriegst du hundert Francs für die Sparbüchse.

– O.k., sagte der Junge, der bei den amerikanischen Soldaten bereits einiges aufgeschnappt hatte.

Seine Mutter, noch ein wenig überrascht von meinem Treiben, tat es mir nach und faltete Zeitungen auseinander, auf der Suche nach Dokumenten, die möglicherweise dazwischen geraten waren. Ich sah zahlreiche Exemplare einer verblichenen Presse durch, ohne Erfolg. Plötzlich begann Paule Nectaire zu lachen. In der Hand hielt sie eine verstaubte Nummer der *Schwarzen Fahne.*

– Sie stammt von 1929, gluckste sie, und enthält bereits einen Artikel gegen Pétain ... und auch noch von einem gewissen Granier ... Wenn das der André Granier ist, von dem während der Besatzung so viel geredet wurde, der sich ausgerechnet darauf spezialisiert hatte, Elogen auf den Marschall zu verfassen, und der dieser Tage verhaftet wurde, finden Sie nicht, daß das zum Wiehern ist?

Ich stimmte zu und bat sie darum, das anarchistische Blatt mitnehmen zu dürfen. Wendehälse haben mich schon immer fasziniert. Zusammen mit drei weiteren Ladungen Text, deren Verfasser bestimmt nur äußerst ungern an ihre Autorenschaft erinnert würden, steckte ich es in meine Tasche. In diesem Moment stellte sich der Knirps auf die Beine und sagte im breitesten Pariserisch:

– Rücken Sie Ihre hundert Mäuse raus, M'sieur.

Er hielt mir ein blaues, an einer Ecke abgerissenes Papier hin, das eng mit Schreibmaschine beschrieben war und einige handschriftliche Korrekturen trug.

Kapitel XVII
Hypothesen

Ich stieg vor dem Haus Marcel Lepains vom Fahrrad und schimpfte mich einen Idioten. Wenn er wegen einer Frau die Flucht ergriffen hatte, wäre mein Freund bestimmt nicht zu Hause. Aber mein Bedürfnis, ihn zu sehen, war so stark, daß meine Beine mich automatisch zu ihm geführt hatten. Da ich nun schon einmal in Montparnasse war, konnte ich mich zumindest versichern, daß es wirklich umsonst war. Entgegen meinen Erwartungen öffnete sich die Tür beim ersten Klopfen, und Marcel tauchte auf.

– Oh! Salut, sagte ich ein wenig baff.

– Es zieht, schnappte die wenig liebliche Stimme von Raymonde der Eifersüchtigen.

– Tritt ein, forderte Marcel mich lebhaft auf.

Ich gehorchte. Raymonde schüttelte gleichgültig meine ausgestreckte Hand. Sich im Negligé auf dem Sofa räkelnd, eine Zigarette im Mundwinkel, machte sie den Eindruck einer wenig angenehmen Raubkatze.

In ihrer Gegenwart schien Marcel sich nicht gerade wohlzufühlen. Ein diskreter Verband umhüllte seinen Daumen. Er hatte sich wohl beim Tellerabwehren oder -schmeißen verletzt. Ich gelobte mir, bei keinem der beiden Hitzköpfe das Kapitel ihrer emotionalen Zwistigkeiten anzuschneiden. Das Ziel meines Besuches war außerdem ein ganz anderes.

Inbrünstig betete ich, daß das Mädchen einen Termin bei ihrem Friseur habe. Nach einer halben Stunde wurde mein Wunsch erfüllt. Raymonde verschwand in der Loggia. Im Kostüm und geschminkt kam sie wieder hervor. Unsere idiotische Unterhaltung, sagte sie (dies eine Mal hatte sie recht), ginge ihr auf die Nerven. Sie würde etwas trinken gehen.

– Auf Wiedersehen, sagte Marcel, ohne der Absicht Ausdruck zu geben, sie zu begleiten. (Ich hatte ihm meinen Wunsch, allein mit ihm zu sprechen, zugeflüstert.)

Die Wohnungstür schlug zu. Marcel zuckte mit den Schultern und sah mich verdrießlich an:

– Und was ist nun? fragte er.

– Großartig! rief ich aus. Oh! Ich spreche nicht von Raymonde, sondern von dem, was mir passiert. Ja, großartig. So wie ich jetzt vor dir stehe, siehst du mich auf der Spur der Mörder unseres Freundes Karl Verden.

– Wie bitte?

– Das heißt beinahe ... Aber hast du nichts für die Kehle? Ich hab' einiges zu schwatzen und außerdem kribbelt es hier drinnen (ich faßte mir an den Schädel), und ich möchte dir einen ... zusammenhängenden Bericht geben, ohne allzuviel zu faseln ...

Die Überraschung entriß ihm zwei oder drei weitere Flüche. Dann ging er zu einem Möbelstück, holte eine Flasche mit zwei Gläsern heraus, und ich genehmigte mir ein paar Schlucke. Marcel brannte vor Ungeduld, daß ich endlich zu meinem Bericht kommen würde.

– Na gut, sagte ich. Was ich weiß, kann ich unmöglich auf einmal loswerden. Das ist krankhaft bei mir. Das muß am häufigen Umgang mit meinen Helden liegen. Wenn ich dich heute ins Vertrauen ziehe, dann weil du, genauso wie ich, ein Freund und Gesinnungsgenosse von Karl Verden warst ... Neulich, als ich erzählt habe, wie ich in dem Zug vor Suzannes Leiche stand, habe ich das Beste weggelassen. Ich hätte es vielleicht nicht getan, wenn der Kritiker mir nicht gesagt hätte, daß mein Verleger ein Ex-Kunsthändler ist und eher eine Krämerseele. Wenn ich aber erzählt hätte, daß ich ein Gemälde, das ich neben Suzannes Leiche gefunden habe, diesem Burschen in die Hand gedrückt habe, hätte ich ganz schön blöd dagestanden.

– Einen Moment, unterbrach Marcel. War es eine

Postkarte oder ein Gemälde, was du neben Suzanne gefunden hast?

– Beides ... Und das Bild ist ein Renoir.

Beinahe wäre er aufgesprungen.

– Reg' dich ab, lachte ich. Es ist eine Fälschung!

– Oh, mein Kopf! stöhnte er.

Er griff das Glas, das er noch nicht angerührt hatte, und spülte den Inhalt in einem Zug hinunter. Vor Erregung verlor er seine übliche Korrektheit. Er wischte sich die Lippen mit dem Handrücken ab.

– Das mußt du noch ein wenig näher erklären, murrte er. Du hattest mit Karl angefangen und kommst dann auf einen Renoir, den du zur Fälschung erklärst, als wärst du Experte ...

– Sei still. Wenn du mich dauernd unterbrichst, sind wir noch hier, wenn das Brot schon wieder frei verkauft wird ... Ich gebe zu, es ist ein hübsches Durcheinander, aber ich gebe die Hoffnung nicht auf, daß du die Sache begreifst ... Guter Gott, seufzte ich und wischte mir die Stirn ab, ich komme mir vor, als würde ich eins meiner Bücher schreiben... Ich werde einen Haufen Sachen vor dir ausbreiten, die scheinbar nutzlos sind, aber ich möchte dir die einzelnen Gedankenschritte ganz genau erläutern.

Marcel begrüßte meine Pedanterie mit einem Seufzer und begann auf sein Knie zu trommeln. Um mein Gehirn auf Touren zu bringen, trank ich noch einen Schluck und legte dann los:

– Am vergangenen 11. August also finde ich dieses Bild und die Postkarte. Wegen dieser Ähnlichkeit mit einigen Episoden des Romans, an dem ich gerade schreibe, erzähle ich nach meiner Rückkehr nach Paris dieses ungewöhnliche Abenteuer Philippe Gronard. „Perfekt", sagt er mir, „Ermitteln Sie!" Verwirrend bereitwillig gibt er mir einen Vorschuß und behält das Bild, das er mit einer Aufmerksamkeit betrachtet, die ich mir erst später erklären kann, als ich von seinem ehemaligen Beruf erfahre. Nach dem Treffen bei Ratier gehe ich zu mir nach Hause. Ich hatte dir ja erzählt, daß wir nicht in Fontenay sondern in Paris wohnten, bei einer Freundin von Simone. In meinem Suff hatte ich es jedoch vergessen. Ich gehe also nach Fontenay. Dort werde ich zum Zeugen eines komischen Theaterstücks ...

Ich beschrieb den Mord an Pedro Esteban.

– Ich roch sofort, daß diese blauen Bohnen für mich bestimmt waren. Wer aber wußte nicht, daß ich vorübergehend in Paris wohnte? Sicherlich eine Menge Leute, unter ihnen aber einer, der Interesse daran hatte, mich umzubringen! Mein Verdacht richtete sich gegen Philippe Gronard, von dem ich gerade wenig Schmeichelhaftes gehört hatte. Ich konnte mich nicht entsinnen, Gronard meinen Adressenwechsel mitgeteilt zu haben – und wirklich hatte ich es ihm auch nicht gesagt. Die Mörder sind von ihm geschickt worden.

– Zu welchem Zweck? fragte Marcel, dessen Augen immer größer wurden.

– Natürlich um den Renoir zu behalten, zum Teufel. Versteh doch: den Vorschuß hat er nur so leicht ausgespuckt, um mich daran zu hindern, das Bild wieder mitzunehmen, nach dem Motto: eine Hand wäscht die andere. Und dann wird er noch freundlicher und versucht, mich aus dem Weg zu schaffen, um das Meisterwerk endgültig zu behalten, was ihn nicht mehr kostet als den Lohn für seine Söldner und den mir zugestandenen Vorschuß, und das ist nun wirklich nicht teuer bezahlt.

– Aber wenn der Renoir doch eine Fälschung ist!

– *In dem Moment war er es nicht*!

– Wie bitte?

– Für mich war er es nicht. Ich meine damit, daß ich in dem Moment nicht wußte, daß das Bild eine Fälschung war. Glücklicherweise, denn sonst wäre ich nicht auf die Idee gekommen, der Person, die ich in Verdacht hatte, eine Falle zu stellen, und hätte mich somit um eine hochinteressante Entdeckung gebracht. Nachdem ich zurück in Paris war, schrieb ich noch am selben Abend einen Brief an mich selbst, den ich meinem Verleger schickte – natürlich mit falscher Unterschrift. Er wurde mir nach Fontenay nachgesandt. Somit war bewiesen, daß Gronard von meinem Wohnungswechsel nichts wußte. Und ich erfuhr noch etwas anderes. Sieh dir diesen Brief an, der dem nachgesandten Brief beilag. Schau, wie fehlerhaft die „e“ sind und wie die „u“ auf die vorangehenden Buchstaben rutschen. Und vergleiche ihn jetzt mit diesem auf Durchschlagpapier getippten deutschen Text, der dir bestimmt bekannt vorkommt; er stammt aus dem Archiv Rudi Baumeisters und ist vom unglücklichen Karl. Es finden sich darin dieselben Fehler. Mein Verleger benutzt die Schreibmaschine Karl Verdens!

– Kreuzdonnerwetter! fluchte Marcel. Die Maschine von Karl! Aber ...

– Ja, kam ich ihm zuvor, seinem Gedankengang folgend. Die Maschine verschwand zur selben Zeit wie Karl. Sie kann sich nur im Besitz seiner Mörder befinden.

Es folgte eine kurze, aber drückende Stille. Sie wurde durch einen Einwand Marcels unterbrochen:

– Das Ganze ist fünf Jahre her. Die Maschine kann in andere Hände gelangt sein ...

– Das ist sogar wahrscheinlich. Aber über den augenblicklichen Besitzer der Schreibmaschine kann man sukzessive zur Quelle gelangen. Beachte, daß wenn Gronard, der ein ziemlich schräger Vogel ist, der Anstifter des gegen mich gerichteten Attentats wäre – dem Pedro Esteban zum Opfer fiel –, ich nach dem Schuldigen oder Komplizen des Mordes an Karl nicht lange suchen müßte. Es wäre Gronard. Aber es ist nicht Gronard. Denn Gronard hat das Attentat, dem ich wie durch ein Wunder entgangen bin, nicht angezettelt.

Marcel schlug wütend auf seine Sessellehne:

– Du solltest langsam wissen, was du willst, rief er. Zuerst hast du mir lang und breit erklärt, daß dein Verleger alle möglichen Gründe hatte, dich umzubringen ...

– Ja, als ich ... darauf setzte, daß das Bild echt sei. Aber diese Echtheit ist nicht bewiesen, im Gegenteil. Suzanne hatte das Bild gerade aus dem Landhaus ihres Ex-Mannes geholt. Der war auf Fälschungen spezialisiert, und ich nehme an, daß der Renoir aus seiner Fabrik stammte. Übrigens können wir uns nebenbei fragen, was dieses Bild auf dem

Land machte und warum Suzanne es nach Baratets Tod unter Lebensgefahr geholt hat. Das bringt uns nichts ein, vor allem, weil ich darauf keine Antwort weiß. Machen wir also mit Gronard weiter. Wenn das Bild falsch ist – und Gronard als Experte auf diesem Gebiet konnte sich hierüber nicht täuschen –, fällt das Motiv für das Attentat flach. Aber noch etwas anderes bringt mich von meinem Verdacht ab. Wenn Gronard der Anstifter der Ballerei wäre, hätte er mir am nächsten Morgen, als er mich für tot hielt, nicht das Paket mit der erwürgten Katze geschickt.

Marcel Lepain sah mich beunruhigt an:

– Die erwürgte Katze? sagte er. Verwechselst du das nicht ein bißchen mit deinem Buch?

– Gronard ist es, lachte ich, der alles dafür tut, daß ich zwischen Phantasie und Realität nicht mehr unterscheiden kann. Auf seine Art ist er ein richtiger Dichter.

Ich erzählte von der erwürgten Katze und dem lachenden Blinden. Ich berichtete, wie ich durch den Vergleich der Schreibmaschinenschriften auf den Absender der Katze gekommen war und analog dazu auf den Organisator des Auftritts des Blinden:

– Nun weiß ich nicht, mit welchem Ziel Gronard diese zweifelhaften Possen aufführt. Wenn er mich aber für tot gehalten hätte, hätte er das Ganze wohl kaum inszeniert und sich nicht die Mühe gemacht, mir meine Post nachzusenden. Übrig bleibt zum Schluß nur, daß als Folge meiner falschen Verdächtigungen zwar weder das Geheimnis des Bildes noch das Attentat, noch der Tod unserer Freunde Baratet und Suzanne aufgeklärt sind, aber immerhin kommt hinter all dem die Affäre Karl Verden an die Oberfläche. Und das wollte ich dir mitteilen. Ich dachte, du könntest mir vielleicht einen Rat geben.

Erneut wurde es still, länger als vorher. Mit dem Fingernagel klopfte Marcel gegen seinen Schneidezahn. Ich trank ein drittes Glas Wein und stopfte meine Pfeife. Die Sonne, die seit einer Weile blasser geworden war, verschwand jetzt vollständig hinter einer Wolke.

– Was stellte das Gemälde dar? fragte Marcel schließlich, seinen Zahn in Ruhe lassend.

Ich beschrieb es.

– Irgendetwas, was den Titel „Junges Mädchen" tragen könnte?

– Wenn man nicht besonders originell sein will, würde das passen.

– Welchen Beweis hast du, daß es falsch ist?

– Keinen. Das ist rein subjektiv. Hätte Baratet einen echten Renoir besessen, er hätte ihn kaum aufs Land geschafft, sondern bei sich aufgehängt ... oder noch besser: er hätte ihn verkauft.

– Du hattest Gronard wegen des Attentats gegen dich in Verdacht ...

– Weil ich von der Echtheit des Bildes überzeugt war, ergänzte ich.

– Und weil du nun glaubst, daß das Bild eine Fälschung ist ..., fuhr er fort, das vorletzte Wort betonend.

– ... kommt Gronard nicht mehr in Frage.

Er stand auf und zog unter seinem Sofa einen Stapel Zeitungen hervor:

– Hast du die Zeitungen gelesen? fragte er.

Ich zog eine aus meiner Tasche.

– Noch nicht.

– Ich meine die von gestern.

– Da habe ich geschlafen.

– Sieh dir das mal an.

Ich las:

DREI RENOIR-BILDER AUS DEM LOUVRE VERSCHWUNDEN

Die Agentur Pressoffice meldet das Verschwinden von drei Werken Auguste Renoirs, die zur Sammlung unseres großen Museums gehören. Bei den Gemälden handelt es sich um „La Baigneuse", „Jeune fille" und „Coin de Jardin". In weiser Voraussicht hatte die Museumsverwaltung sie bei Kriegsbeginn zusammen mit zahlreichen anderen Werken in das Schloß von Erougeules, in die Touraine, ausgelagert. Der Diebstahl scheint bereits einige Monate zurückzuliegen. Während der Besatzungszeit ließ eine geradezu kriminelle Nachlässigkeit unsere Kunstschätze beinahe unbeaufsichtigt. Die Wachdienste verließen sich bei ihrer Aufgabe vollständig auf die starken Riegel der befestigten Schloßgewölbe, die, wie solide sie auch immer sein mögen, der Geschicklichkeit eines Einbrechers nicht standhielten. Eine bekannte Abendzeitung, die stets in aller Kürze die neuesten Nachrichten bringt, bezichtigt unsere Besatzer des Gemäldediebstahls. Es ist jedoch klar, daß die Deutschen sich kaum mit drei Bildern begnügt hätten und sich sicherlich auch der unschätzbaren Werke der holländischen Schule, die sich neben den Werken des impressionistischen Meisters befanden, bemächtigt hätten. So schmerzhaft es für uns auch ist, dies zu schreiben: der Diebstahl, den die zuständigen Stellen gerade entdeckt haben, wurde von einem unserer Landsleute begangen. Dabei muß es sich entweder um einen notorischen Dieb oder einen skrupellosen Kunstsammler handeln, der die Umstände ausgenutzt hat und dem bei seiner unehrenhaften Arbeit von einem professionellen Einbrecher geholfen wurde.

Kapitel XVIII
Eine harter Schlag

Die Zeitung fiel mir aus den Händen.

– Es war echt!

– Sehr wahrscheinlich.

– Das ändert alles!

– Das glaube ich auch.

– Und Suzanne hat es von Baratet aus der Provinz geholt. War er vielleicht der Dieb?

Marcel zuckte mit den Schultern.

– Da fragst du mich zuviel. Auch ohne ein großer Gelehrter zu sein, kann ich dir jedenfalls versichern: Wenn die Schuld oder Unschuld deines Verlegers am Attentat von Fontenay von der Echtheit oder Falschheit des Renoir abhängt, war es Monsieur Gronard, der deinen verhinderten Mördern die Waffen in die Hand gedrückt hat.

Ich war schweißgebadet. Die Luft war schwül und drückend. Ich erhob mich und ging zum Fenster. Der Himmel wurde noch dunkler, eine Frau holte eilig Wäsche herein. Die ersten Regentropfen fielen.

– Verrennen wir uns nicht, sagte ich, als ich mich wieder setzte. Wenn Gronard schuldig ist, was bedeuten dann die Katze und der Blinde? Er hatte allen Grund, mich für tot zu halten. Eine Leiche zum Narren zu halten, macht keinen Sinn. Genauso wenig, wie ihr die Post nachzuschicken.

– Ich bin es nicht, der hier die Romane schreibt, spottete mein Freund. Du bist mit der Unberechenbarkeit und dem verschlungenen Seelenleben von Verbrechern vertrauter als ich.

– Das ist wirklich sehr hilfreich, seufzte ich.

Er wurde wieder ernst.

– Die Nachsendung des Briefes läßt sich leicht erklären. Gronard hielt dich für tot. Konnte er etwa deinen Brief einfach in den Papierkorb werfen und damit zugeben, daß er es wußte? Ihn nachzuschicken, war eine Art Alibi, um deinen Wortschatz zu benutzen.

– Das ist das richtige Wort! Alibi! Der Brief ist ein Alibi ... Und die Katze und der Blinde sind zwei weitere.

– Das ist bei Gott wahr! sagte Marcel bewundernd.

– Gronard ist der Schuldige, der Anstifter des fehlgeschlagenen Attentats, fuhr ich lebhaft fort. Meine Intuition hat mich nicht getäuscht. Und er besitzt nicht zufällig die Schreibmaschine von Karl Verden. Er ist in die Geschichte verwickelt. Ein Typ, der, um einen Gegenstand zu behalten, nicht zögert, dessen Besitzer umzubringen, ist zu allem fähig. Ich frage mich sogar, ob er nicht auch etwas mit dem Mord an Suzanne zu tun hat.

– Holla. Jetzt gehst du aber ein bißchen weit.

– Ich gehe nicht zu weit. Was immer Gronard heute auch sagt, er stand mit den Besatzungsmächten gar nicht so schlecht. Und wenn er schon lange ein Geheimagent der Gestapo gewesen wäre?

– Oder sogar Hitler höchstpersönlich, sagte Marcel aufrichtig betrübt. Du solltest dich wieder im Journalismus versuchen.

– Ich mache weder Witze noch phanatasiere ich. Hör zu. Wir finden die Schreibmaschine eines Mannes, der von der Gestapo ermordet wurde, in den Händen einer Person wieder, von der wir wissen, daß sie einen Anschlag organisiert hat, um ein Museumsstück zu behalten. Woher hat er die falschen F.F.I.? Die Mehrzahl der falschen F.F.I. sind entweder Milizionäre oder getarnte SS-Leute. Wer könnte sie zu seiner Verfügung haben, wenn nicht ein Agent der Gestapo? Und wer außer einem Agenten der Gestapo konnte am 10. August ohne Probleme mit dem Auto Paris verlassen? Suzanne besaß kein Auto. Dennoch ist sie im Auto und in Begleitung zum Landhaus Baratets gefahren, weil sie wußte, daß sich der berühmte Renoir in dem Koffer mit doppeltem Boden befand.

Ich schenkte mir nach. Marcel Lepain drohte mir mit dem Finger.

– Das ist schädlich für die Inspiration, grinste er. Oder besser gesagt, ist es zu gut. Es bringt sie so richtig in Wallung.

– Schon gut, sagte ich, und stellte das leere Glas ab. Lustig machen kann man sich immer.

– Ich werde mich hüten. Jeder weiß, daß dein Verleger und Suzanne Jugendfreunde waren.

– Daß wir über ihre Beziehung nichts wußten, beweist gar nichts. Wir wußten ja auch nicht, daß Baratet und sie verheiratet waren.

– Wir?

– Willst du etwa sagen, daß du davon wußtest?

– Aber klar doch! Und ich war nicht der einzige.

– Herrjemineh! spuckte ich (und schenkte mir Wein nach). Ich hab' mich schon wieder in die Irre führen lassen.

Er erhob sich aus seinem Sessel und klopfte mir auf die Schulter.

– Armer Alter, sagte er.

Wütend stand ich auf:

– Und du hältst mich für einen Spinner, einen Typen, dem seine Romane auf's Hirn schlagen. Na gut! Wenn das schon so ist, kann ich dir auch gleich alles sagen, was mir so durch den Kopf geht, nicht? Die Wut regt ungemein an! Ich fühle, wie die Inspiration mich überkommt. Stell' dir vor, es wäre Gronard, der die Renoirs hat klauen lassen ...

– Um anschließend darauf zu warten, daß du ihm einen bringst? Komm schon, ein bißchen mit der Ruhe.

– Ich bin ruhig genug. Ich weiß, wer das Schloß von Erougeules geknackt hat.

– Wirklich?

– Ja. Es gibt nur einen Mann in Frankreich, der zu so etwas fähig ist. Das ist Jo der Tätowierte.

– Ein Blutsbruder von Fantômas?

– Beinahe. Zum Teufel, hör mir zu und spotte nicht immer. Mir war es noch nie so ernst. Der Profischloßknacker mit der seltenen Geschicklichkeit, von dem in der Zeitung die Rede ist, kann nur Jo sein. Vor einigen Monaten hatte er gerade ein gutes Geschäft gemacht, als er, ohne zu wissen warum, von Feldgendarmen verhaftet und nach Deutschland verfrachtet wurde. Er ist vor ein paar Tagen zurückgekommen mit der Absicht, wenn ich das richtig verstanden habe, sich an einem bestimmten Hurensohn zu rächen. Kann man da nicht annehmen: erstens, daß das gute Geschäft der Einbruch in die Louvre-Sammlung war; zweitens, daß der Typ, der ihn das hat erledigen lassen, ihn der Polizei ausgeliefert hat, um einen Zeugen loszuwerden; drittens, daß der Hurensohn, an dem er sich rächen will, genau dieser Typ ist; viertens, daß dieser Typ, der die deutsche Polizei bei Fuß zu haben scheint, um seine persönlichen Rachegelüste zu befriedigen, Gronard ist?

– Oder der Papst. Trink noch einen, wenn's dir Spaß macht, aber hör mir jetzt auch mal zu. Wenn Gronard ein Gestapoagent ist und die Renoirs von deinem Jo hat klauen lassen, fragt man sich, warum er einige Monate später hinter ihnen herjagt und aufgrund welcher Verwicklungen eines dieser Meisterwerke in Baratets Landhaus in einem Koffer mit doppeltem Boden rumliegt? Aber vielleicht wurde Baratet ja auch von Gronard umgebracht, wer weiß? Dieser Verleger entpuppt sich langsam aber sicher als Volksfeind Nummer 1!

Ich überging seinen Sarkasmus. Es gefiel mir überhaupt nicht, daß der Tod Baratets aufs Tapet kam.

– Ich frage mich, woher du all diese Informationen hast, fuhr Marcel fort. Ich meine z.B. Suzannes Ausflug im Auto und die Geschäfte und Absichten von Jo dem Tätowierten. Bist du vielleicht zufällig selbst der Mörder?

Es widerstrebte mir, meinem Freund zu gestehen, daß ich mit den Bullen in Verbindung stand. Mit einer Pirouette wand ich mich heraus.

– Ich bin Bill Lantelme, sagte ich mit einem Augenzwinkern. Er bohrte nicht nach und lächelte ebenfalls:

– Oh! wenn das so ist, hast du natürlich auf der ganzen Linie recht. Was willst du nun unternehmen?

– Jo finden. Gronard zu beschreiben ist leicht. Er ist ein Typ von unvergeßlichem Aussehen. Eine echte Kugel.

– Pauley?

– Eher Jim Gérald. Wenn Jo meinen Verdacht bezüglich der Renoir-Geschichte bestätigt, werde ich meinen Mörder dafür einlochen lassen. Der Rest läuft ganz von allein, und alles, was uns noch schleierhaft ist, wird sich aufklären.

– Vorausgesetzt, er will reden. Und apropos, glaubst du, daß Monsieur Jo, vorausgesetzt, er ist der geschickte Einbrecher, von dem die Zeitung schreibt, dir die ganze Sache mal eben so gestehen wird?

– Jo ist ein Freund von mir. Er weiß, daß ich ihn raushalte. Oh! und außerdem hast du immer was zu nörgeln. Man kann ihn ja immerhin mal fragen.

– Klar doch. Hast du den Gentlemen bei dir?

– Ich kann ihn suchen gehen. Begleitest du mich?

– Ja, das könnte lehrreich sein.

Ich war bereits auf dem Treppenabsatz. Er rief mich zurück. In der Hitze der Diskussion hatte ich nicht bemerkt, daß es in Strömen regnete. Er setzte sich einen braunen Filzhut auf, schlüpfte in einen Trenchcoat und bot mir ein ebensolches Kleidungsstück an.

Erleichtert stieg ich vom Fahrrad. Ich fühlte mich auf diesem Vehikel nicht gerade sehr sicher. Das lag natürlich auch am rutschigen Straßenpflaster, vor allem aber am vielen Wein. Wir stellten unsere Drahtesel an den Rand des Trottoirs, und Marcel übernahm die Bewachung, während ich in das kleine Bistro trat. Wegen des Trenchcoats kassierte ich scheele Blicke von einem Mädchen, das mit aufgestützten Ellenbogen an der Theke saß und darauf wartete, daß der Regen ihr Kunden schickte.

Ich bestellte die flüssige Spezialität des Hauses (sie war nicht gerade famos), und sagte dem Wirt, daß ich Lucette sprechen wollte. War sie nicht mehr in der Gegend?

– Lucette?

Er schien in Erinnerungen zu kramen. Er suchte wirklich nach etwas, aber nicht nach Lucette. Er fragte sich, ob der Trenchcoat zu meiner Uniform gehörte, oder ob ich ihn aus besonderer Perversität trug. Schließlich mußte er wohl bemerkt haben, daß mir das verdächtige Kleidungsstück ein paar Nummern zu groß war, was ihn beruhigte. Er sagte mir, daß ich Lucette bestimmt ein wenig weiter oben in der Rue Saint-Denis, im *Dix de Der* finden würde. Wir fuhren hin, wobei unsere Gummimäntel einige stoisch im Regen ausharrende Nutten in die Flucht schlugen. Das *Dix de Der* war eine kleine düstere Bar. Ich trat zur gleichen Zeit ein wie ein schmächtiges Männchen, das sich betont forsch gab. Er nahm eine Rothaarige aufs Korn, klopfte ihr mit plumper Vertraulichkeit auf die Schulter und trompete:

– Na Lulu, ist Jo wieder da?

– Davon wüßte ich, gab die Angesprochene zurück.

– Ich mein', ich hab' ihn in Boulogne gesehen, fuhr der andere fort. In der rue Plantier, oder besser, was davon noch übrig ist. Die Gegend da sieht ganz schön mitgenommen aus. Wenn's dein Mann ist, scheint er nicht gerade stolz drauf zu sein. Zweimal hab' ich ihn gesehen, und zweimal hat er so getan, als ob er mich nicht erkennt, und hat sich aus dem Staub gemacht, als ich auf ihn zuging. Ich ...

– Du hast bestimmt Erscheinungen, Albino, unterbrach Lucette ihn streng.

– Ganz sicher, bekräftigte der Patron mit Nachdruck.

Der Albino zog ein saures Gesicht, als ihm klar wurde, daß er in ein Fettnäpfchen getreten war, schob sich zum Ende der Theke und sagte keinen Mucks mehr. Ich ging zu Lucette:

– Guten Tag, sagte ich.

Mit ihren müden Augen sah sie mich abschätzend an. Ich hatte gehörige Mühe, mich ihr in Erinnerung zu rufen.

Schließlich gelang es mir, und wir stießen mit einem nach Zitrone schmeckenden Weißwein auf unsere Freundschaft an. Bald brach ich die belanglose Unterhaltung ab und ging zu Marcel, der einige Schritte entfernt wartete.

– Dank eines herumpolternden Idioten hab' ich einen Tip, sagte ich. Ohne ihn hätte ich aus Lucette nichts rausgekriegt, denn es scheint klar zu sein, daß Jo untergetaucht ist. Die seltsamen Artikel, die einige Abendzeitungen gebracht haben, in denen den Deutschen Heldentaten in die Schuhe geschoben werden, für die er ganz allein verantwortlich ist, machen ihn nervös. Ich hatte das schon bemerkt.

– Wenn du mit deiner Rede fertig bist, sagst du mir vielleicht, in welche Himmelsrichtung wir jetzt strampeln müssen, unterbrach mich Marcel, den die ausgedehnte Pause im Regen mit einem Fahrrad in jeder Hand nicht gerade freundlich gestimmt hatte.

– Rue Plantier, in Boulogne, antwortete ich, und stieg auf meinen Drahtesel.

Der Albino hatte die Wahrheit gesagt. Von der rue Plantier, am äußersten Ende von Boulogne, war nicht viel übriggeblieben. Der Vollständigkeit halber könnte man sagen, daß Haufen übriggeblieben waren. Trümmerhaufen. Am Anfang der Straße standen zwei Häuser, die unter den Bombadierungen weniger stark gelitten hatten. Danach aber folgte das reinste Ödland bzw. ein öffentlicher Schuttplatz.

– Wo glaubst du, kann man sich in dieser Straße verstecken? knurrte Marcel.

– Wir werden uns wohl auf unsere Intuition verlassen müssen. Chesterton spricht irgendwo von einem Detektiv, der in jedes Haus ging, an dem ihm eine äußere Einzelheit seltsam erschien ...

Wir gingen die verlassene Straße weiter geradeaus. Fein und dicht fiel der Regen auf die verwüstete Landschaft. Die Klage eines Schleppkahns, der auf der nahegelegenen Seine fuhr, hallte in den Ruinen wider. Wir gelangten vor ein Gebäude, das von einem schartigen

Zaun umgeben war. Ein Schild: DANGER, verbot den Zutritt. Von Bürgern mit unbefriedigtem und forderndem Magen war das D durch ein M ersetzt worden.

Von den vier Etagen, mit denen das Haus früher das abseits gelegene Viertel überragt haben mußte, waren nur drei übriggeblieben. Von einer einzigen Angel gehalten, hingen mehr oder weniger verkohlte Holzfensterläden jämmerlich herunter. Durch das, was früher die Decke der *Dritten rechts* gewesen war, sah man den bleiernen Himmel. Die *Dritte links*, in deren Fensterlöchern ein paar Scheiben überlebt hatten, schien nicht so mitgenommen zu sein. Im Erdgeschoß war die schwere Tür gegen die Öffnung gelehnt, die sie nicht vollständig verdeckte. Im Flur lag Schutt. Und auf ihm waren Fußspuren zu sehen.

– Laß uns reingehen, schlug ich vor.

Wir hoben unsere Fahrräder durch die langen Breschen des Zauns und stellten sie dort, wo früher die Concièrgeloge gewesen war, ab. Nachdem wir die Wohnung gegenüber erforscht hatten, betraten wir vorsichtig die Treppe. Es fehlten Stufen, und das wacklige Geländer bot keinerlei Sicherheit. Im ersten Stock fanden wir hinter den morschen Türen, die wir aufstießen, keinerlei Spuren eines menschlichen Wesens. Weiter oben floh eine ausgehungerte Katze bei unserem Näherkommen. Der regenschwere Wind schlug durchs Treppenhaus. Ein von dem Windstoß aufgewirbelter Papierfetzen blieb an meinem Bein kleben. Er war trocken, dünn und an einem Ende angesengt: das Papier einer kürzlich aufgefriemelten Zigarettenkippe.

– Es ist jemand hier, flüsterte ich.

Mit lächerlicher, aber instinktiver Vorsicht stiegen wir höher. Vor der Tür der *Dritten links*, die wie durch ein Wunder ganz geblieben war, zögerte ich einen Moment, bevor ich sie aufstieß. Wir befanden uns in einem Flur; am Ende sah man durch eine Glastür, deren Scheiben herausgeschlagen waren, ein auf den Fluß gehendes Zimmer. Auf vier Mauersteinen lag eine Tür, die mit Säcken und Tüchern in ein notdürftiges Bett verwandelt worden war.

Plötzlich stand ein Mann vor uns.

– Was habt ihr hier zu suchen? fragte die wütende Stimme von Jo dem Tätowierten.

Bevor ich ein Wort rausbringen konnte, zuckte ein haßerfülltes Blitzen aus seinen Augen, das mir die Kehle austrocknete. Und im selben Moment, in dem er einen gemeinen Fluch ausspuckte, hatte er einen Revolver in seiner Hand:

– Ah! Verflucht! Sie endlich!

Schreiend stürzte ich vor:

– Wir sind Kumpel, Jo. Ich bin's. Du bist durchgedreht. Mach keine ...

Ich wich einem Fußtritt in den Magen aus und taumelte zurück. Die Wand brachte mich zum Stehen. Durch den Aufprall löste sich ein Stein und schlug mir schmerzhaft auf Kopf und Schulter. Vollkommen groggy ging ich zu Boden. Marcel versuchte, so schien es mir, Jo zu entwaffnen. Ich vernahm einen Schuß und ein Geheul, von dem ich zuerst glaubte, es würde von einem der Kämpfenden ausgestoßen. Es war nur die Sirene eines Schleppers, der den Fluß entlang fuhr ... Marcel kam näher und stellte sich vor mich, ohne daran zu denken, mir zu helfen. Sein Blick war wirr. Er war bleich und sah mitgenommen aus:

– Ohgottohgottohgott! fluchte er unaufhörlich.

Mit seinem Knallfrosch in der Hand gab Jo der Tätowierte, der mit seinem langen Körper den Eingang seines Schlupfwinkels versperrte, kein Lebenszeichen mehr von sich.

– Was für ein Dummkopf! explodierte Marcel, der vor Angst und Wut zitterte. Wie kann man nur so nervös sein? Konnte er uns denn nicht anhören, bevor er sich auf uns stürzte? Diese Trenchcoats ... Er hat uns für Bullen gehalten. Ich konnte ihm den Schießprügel nicht wegnehmen. Während des Kampfes hat er sich eine Kugel in die eigene Kehle verpaßt ...

Ich stand auf:

– Ist er ... tot? fragte ich.

– Ja.

– Oh Gott! sagte ich nun ebenfalls.

– Das ist ein harter Schlag, schloß Marcel.

Kapitel XIX
Theorie und Praxis

Es war ein harter Schlag.

Abgesehen davon, daß Jo der Tätowierte, an dessen Beteiligung am Diebstahl der Louvre-Sammlung ich keinerlei Zweifel hatte, mir nicht mehr sagen konnte, ob Gronard sein Auftraggeber gewesen war, ist es niemals angenehm zuzusehen, wie jemand getötet wird ... ganz unabhängig von den Konsequenzen, die diese Art von Sport nach sich zieht.

Angesichts meines extrem nervösen Zustandes hatte Marcel mir geraten, mich ein wenig auszuruhen und an all diese Geschichten nicht mehr zu denken.

Sobald er sich seinerseits erholt hätte – auch er brauchte Ruhe –, würde er nicht untätig bleiben. Sein Plan war herauszufinden, ob es bezüglich Gronard etwas herauszufinden gab. Da ihn im Verlag niemand kannte, könnte er das gefahrlos tun. Er würde mich auf dem laufenden halten.

Auf meinem Fahrrad mehr oder weniger sicher, ging mir auf dem Nachhauseweg all dies und noch viel mehr durch den schmerzenden Kopf. Ich fuhr auf einer kleinen Vorortstraße. Ganz in Gedanken, mit weichen Knien und unsicheren Reflexen, fand ich mich plötzlich in einer schlammigen Pfütze wieder, weil ich einem „streunenden" Hund ausweichen wollte. Genauso herumstreunend wie ich.

– Himmel! Wie hast du denn das angestellt? rief Simone aus, als ich mich ihr präsentierte. Ich habe dich noch nie so dreckig gesehen.

– Es ist nur halb so schlimm, beruhigte ich sie. Dieser Trenchcoat gehört nicht mir. Lepain hat ihn mir geliehen. Die Jacke hat nicht soviel abbekommen.

– Die Hose hatte weniger Glück. Sie sieht ja reizend aus. Was ist passiert?

Ich begann mich auszukleiden und erzählte von meinem Unfall. Mit Abscheu sammelte Simone die Kleider ein, die ich ablegte:

– Lepain wird dir diesen Trenchcoat nicht umsonst geliehen haben, bemerkte sie. Wir können ihn reinigen lassen, bevor du ihn zurückgibst. Den Schlamm könnte ich zur Not noch selbst rauskriegen, aber dieser Farbfleck ... Stell dir vor, ich hab' mich richtig erschrocken; ich hab's zuerst für Blut gehalten ...

Es war kein Blut. Nur eine Tube Karminrot, die durch die zerlöcherte Tasche des Regenmantels in das Futter gerutscht war. Ich hatte sie bei einem meiner Stürze zerquetscht, und die Farbe war durch einen Riß, für den ich ebenfalls die Verantwortung übernehmen mußte, nach außen auf das Kleidungsstück gespritzt.

– Einer *deiner* Stürze?

– Ich hatte einen etwas bewegten Tag, sagte ich.

Sie versicherte mir, das mühelos zu glauben. Meine Frau schimpft nur zweimal im Jahr ernsthaft. Am 1. Januar und zu Ostern. Man weiß nicht, warum. Es ist ein Ritual. Wegen des Trenchcoats verlegte sie den Neujahrstag vor und murrte, daß es keine Art sei, die Klamotten so zu beschädigen – so reichlich hätten wir nicht davon –, und dann auch noch die Reinigung für Freunde bezahlen zu müssen, sei der Gipfel. Ich schlug vor, den Regenmantel, so wie er war, zurückzugeben. Sie antwortete, daß dies entschieden unmöglich sei. Er sei wirklich zu schmutzig. Ich sagte, daß er schon nicht sehr sauber gewesen sei, als Lepain ihn vom Haken genommen hatte und wies sie auf mehrere Flecke und Risse im Innenfutter, in Brusthöhe und in den Taschen hin, die man mir nur mit Böswilligkeit anlasten könnte. Marcel sollte eben zusehen, wie er mit seinem Mantel fertig würde, kurz ...

– ... Ich frage mich, warum wir uns hier herumzanken, schloß sie. Die Reinigungen sind sowieso geschlossen und werden kaum innerhalb der nächsten Monate wieder öffnen.

Es wäre weiser gewesen, die Frage sofort unter diesem Gesichtspunkt zu diskutieren.

Einigermaßen wiederhergestellt, stopfte ich eine Pfeife; um den ganzen Ärger zu vergessen, überflog ich die alten Exemplare der *Schwarzen Fahne*, die ich bei Paule Nectaire eingesammelt hatte. Es war nicht gerade lustig. Wie die Pest mied ich einen komplizierten und langweiligen Wirtschaftsartikel, an dem Karl Verden, der nicht gerade sehr humorvoll gewesen war, so sehr Geschmack gefunden hatte, daß er ihn mit zahlreichen handschriftlichen Anmerkungen versehen hatte. Stattdessen blätterte ich bis zur vierten Seite weiter, um mich an den originellen Annoncen zu ergötzen. Irgendjemand aus Vincennes bat um Nachrichten von irgendjemand anderem und schloß mit *Tod den Bullen;* Hilarion wurde gebeten, in der Redaktion vorbeizukommen, etc., etc. Auf derselben Seite fand ich noch eine offensichtlich von Karl Verden mit Rotstift markierte *Warnung*. Sie tauchte in sämtlichen Ausgaben auf und bezog sich auf einen gewissen Laboule oder La Boule (beide Schreibarten kamen vor); offensichtlich ein Genosse, der mit den Kassen der Gruppen, die er aufsuchte, nicht gerade sehr gewissenhaft umging. In dieser Art von Presse hatte ich Hunderte solcher Hinweise gelesen.

Während wir nach dem Abendessen darauf warteten, daß die Dunkelheit uns zwang, schlafen zu gehen, ging ich ins Café hinunter, wo meine Anrufe entgegengenommen wurden. Der Wirt sagte mir, daß am Nachmittag ein Anruf für mich gekommen sei. Ein gewisser Magrenotte. Er würde sich wieder melden. Hm ... Gab es etwas Neues? Ich wartete, und weil ich herunter gekommen war, um den Telefonapparat zu benutzen, setzte ich mich mit einem gewissen Satiat in Verbindung, der wie Baratet mit Vornamen Victor hieß.

Ich wollte wissen, ob er über die frühere Ehe des Malers und Suzannes auf dem laufenden war.

– Aber ganz und gar nicht, antwortete Victor Satiat. Als ich davon hörte, war ich bestimmt der Überraschteste von allen. Heimlichtuerei, das kannst du laut sagen! Aber wozu sollte das gut sein?

Danach wählte ich noch ein gutes halbes Dutzend weiterer Nummern. Jedem Gesprächspartner stellte ich dieselbe Frage und holte mir überall dieselbe negative Antwort. Ich beendete die Serie bei einem gewissen Bernard. Sofort nach dem Abnehmen des Hörers und dem „Hallo“

hörte ich am anderen Ende der Leitung Gelächter und Takte einer synkopischen Musik. Bei meinem Freund fand eine Party statt.

– ... Wir haben gerade darüber gesprochen, sagte er nach meinen ersten Worten. Aber ein paar Leute wußten doch davon, z.B. Ribes. Kennst du Ribes?

– Eugène Ribes, vom Rundfunk?

– Ja. Er ist heute nachmittag nach Paris zurückgekommen. Seit Mai war er im Midi. Tja, und er wußte, daß unsere beiden Pfiffikusse verheiratet waren.

– Kannst du ihn mir mal geben? Ich würde ihm gerne guten Tag sagen.

Einen Moment später:

– Hallo, Ribes? Hier ist Refreger, erinnern Sie sich, der Krimiautor. Wie geht es Ihnen?

– Sehr gut. Während ich weg war, sind hier ja komische Sachen passiert, was? Baratet und Suzanne ermordet!

– Ja. Eine miese Geschichte. Wußten Sie, daß die beiden verheiratet waren?

– Ich war bei ihrer Hochzeit Trauzeuge!

– Oh, na dann! Ich führe mehr oder weniger eine Untersuchung über ihren Tod. Erinnern Sie sich vielleicht an eine verdächtige Einzelheit, die mir weiterhelfen könnte?

– Tja, das heißt ... Ich hab' es von Suzanne. Lange vor meiner Abreise in den Midi war Baratet nervös und soll zu seiner Ex-Frau gesagt haben: „Wenn mir ein Unglück zustößt, geh zum Haus in Marolles. Du wirst dort etwas Interessantes finden ..." Ich garantiere nicht für den Wortlaut, aber dem Sinn nach stimmt es. Es war von einem Koffer die Rede.

– Sind Sie da sicher?

– Absolut.

– Es sieht so aus, als wäre Suzanne sofort, nachdem sie vom Tod Baratets erfahren oder den Toten sogar selbst gefunden hatte, nach Marolles gefahren ...

– Ja, nach dem zu urteilen, was ich seit meiner Rückkehr erfahren habe.

– Und zwischen diesem Tod und der Reise dürfte es

eine Beziehung von Ursache und Wirkung geben.

– Sehr wahrscheinlich. Aber warum wurde Suzanne getötet ... und vor allem im Zug getötet?

– Oh! das ist eine komplizierte Geschichte.

– Zweifellos. Das gefällt Ihnen doch bestimmt, oder?

– So lala. Haben Sie eine Idee, was in dem Haus von Marolles verborgen sein könnte?

– Keine. Und Sie?

– Genausowenig. Wann noch mal hatte Baratet das gesagt?

– Auf mein Gedächtnis ist nicht mehr allzu großen Verlaß. Warten Sie ... War es vor oder nach seiner Reise in die Auvergne? Ich weiß es nicht mehr.

– Seine Reise in die Auvergne?

– Aber ja, als er bei einem Dokumentarfilm Lotars Assistent war.

– Ach ja, richtig. Ich hatte es vergessen. Und ich danke Ihnen sehr, mich daran erinnert zu haben.

– Man könnte fast meinen, daß Ihre Stimme sich verändert hat. Habe ich Sie etwa auf eine Idee gebracht? fragte Eugène Ribes jovial.

– Jedenfalls sehe ich etwas klarer.

Und damit hängte ich ein.

Als es mir in den Sinn gekommen war, in meinem Roman eine Person mit dem Anfangsbuchstaben B auftauchen zu lassen, in deren Tasche eine Postkarte gefunden wird, die das Viadukt von Garabit darstellt, hatte ich unbewußt gehandelt und dabei an Baratet gedacht, der, nachdem er diesen Dokumentarfilm gedreht hatte, schier unerschöpfliche Vorträge über das Kunstwerk hielt. Es war also doch nicht ein so wundersamer Zufall, daß ich später einer ähnlichen Episode in der Realität wiederbegegnete. Die anderen Episoden des Romans, der lachende Blinde und die erwürgte Katze, waren, wie sich durch die Unterhaltung mit Lepain herausgestellt hatte, die Alibis des Mörders.

Da der Wagen dieses Mörders – seiner Helfershelfer (aber er mußte sie begleitet haben) – wenige Kilometer entfernt vom Viadukt gefunden und das Bild des Viadukts an den Renoir geheftet worden war, konnte ich schlußfolgern: Zu irgendeinem Zeitpunkt hatte Baratet die gestohlenen Bilder besessen. Eines hatte er in Marolles aufbewahrt und die anderen in Garabit (oder Umgebung) versteckt. Mein „Mörder“, der in diese Geschichte tiefer verstrickt sein mußte, als ich vermutete, und der auf jeden Fall ziemlich helle ist, hatte diese Verbindung sofort gezogen.

An diesem Punkt meiner Gedanken angelangt, war ich plötzlich verblüfft darüber, daß Magrenotte versucht hatte, mich zu erreichen. Ich mußte einfach nachhaken. Noch einmal griff ich zum Telefon:

– Hallo, Inspektor Magrenotte bitte.

Ich wurde verbunden.

– Ach! Sie sind's? Sagen Sie mal, ich konnte Sie weder im *Flore* noch in Fontenay erreichen ...

– Tja, wissen Sie, gab ich zurück, die Ermittlungen halten mich ganz schön auf Trab ...

– Offenbar. Haben Sie etwas Neues?

– Nichts.

– Ich frage mich, ob die Affäre nicht abgeschlossen ist, sagte er.

– Wie das?

– Erinnern Sie sich an diesen Knut Jorissen, den Baratet vor dem Krieg mit gefälschten Millets hereingelegt hat? Nun gut, nach neusten Erkenntnissen war er fanatischer Nazi, und nachdem er bereits in seiner Heimat für die Gestapo gearbeitet hatte, kam er sofort nach der Besetzung nach Frankreich, immer noch im Dienst derselben Organisation. Möglicherweise wollte er sich an Baratet rächen.

– Das kann sein, sagte ich. Solche Leute sind rachsüchtig.

– Trotzdem gibt es einen Haken, fuhr der Polizist fort. Als Mitglied der Gestapo verfügte er bestimmt über andere Rachemöglichkeiten, als selbst Hand anzulegen. Und warum hat er bis '44 gewartet? Er hatte seit 1940 genügend Zeit, Baratet zu finden und ihm Unannehmlichkeiten zu machen ... Es ist höchst bedauerlich, daß dieser Knut Jorissen tot ist.

– Er ist tot?

– Ja. Ende August, während eines Scharmützels mit F.F.I-Leuten. Würde er immer noch zu dieser Welt gehören, könnten wir ihn ja weichkochen ... Apropos F.F.I.; die, mit denen er zu tun hatte, waren echt, aber das bringt mich auf die falschen F.F.I.-Leute von Fontenay, die Ihren spanischen Freund umgelegt haben. Ich hatte versucht, Sie wegen dieser Geschichte anzurufen ...

Seit ich den Hörer in die Hand genommen hatte, fragte ich mich, wie ich die Unterhaltung auf Garabit lenken könnte, ohne den Verdacht des Polizisten zu erregen. Wenn, wie ich vermutete, in der Umgebung des Viaduktes irgendetwas passiert war, hätte ich gerne gewußt, was. Aber ohne mich zu verraten, konnte ich den Inspektor nicht einfach so danach fragen. Nun schien er selbst meinen Wünschen entgegenzukommen: es war unverhofft, aber ich ließ ihn von meiner Befriedigung nichts merken.

– Ach! sagte ich einfach. Haben Sie etwas Neues über den in Massiac aufgefundenen Wagen?

– Es ist tatsächlich derselbe, der in Fontenay benutzt wurde. Die Typen sind damit in einen Graben gefahren, deshalb haben sie ihn stehenlassen. Einer der Insassen wurde gefunden. Unglücklicherweise tot. Ja, eine Auseinandersetzung mit echten F.F.I., auf die er das Feuer eröffnet hatte. Wohl instinktiv, denn der Bursche war ein deutscher SS-Mann. Bedauerlich, daß er tot ist. Er hätte uns sagen können, wo seine Freunde stecken und warum sie Pedro Esteban niedergemacht haben und was es schließlich mit der Expedition nach Garabit auf sich hat.

Mein Herz machte einen Sprung.

– Garabit?

– Ja. Sagt Ihnen das irgendetwas?

– Nicht das Geringste. Aber ... was ist passiert?

– Sie haben mehr oder weniger grob das Ehepaar Renouardt belästigt, Auvergner, die eine Herberge gegenüber dem Viadukt betreiben. Ich hatte gehofft, daß Ihnen das irgendetwas sagt.

– Nein. Das sagt mir nichts. Aber gibt es zwischen den beiden Fällen eine Verbindung?

– Man darf niemals irgendetwas außer acht lassen.

– Die SS-Leute waren vielleicht im Blutrausch, wagte ich mich auf gut Glück vor.

– Ich habe da meine Zweifel. Ich will mich zwar nicht zu ihrem Anwalt machen, aber sie waren nicht unbedingt scharf darauf, jemanden umzubringen. Nur haben sie den beiden Alten die Gurgel zu fest zugedrückt. Der Wirt ist tot, und seine Frau ist nicht in der Verfassung, verhört zu werden. Wenn es ihr aber besser geht, wird sie uns vielleicht sagen, warum die in der Herberge alles auf den Kopf gestellt haben.

– Das ist zu hoffen.

– Solange kümmern wir uns weiter um den Fall Baratet, und Sie versuchen weiter in Montparnasse etwas aufzuschnappen. Bisher sind Sie ja nicht allzu nützlich für uns, aber vielleicht hilft Ihnen ein Zufall ...

Nach diesem Kompliment hängte er ein.

Nachdem ich in die Wohnung zurückgekehrt war, nutzte ich das letzte Tageslicht, um zu notieren:

La Boule (Pseudonym) ist ein Gauner der anarchistischen Bewegung, der die Aufmerksamkeit Karl Verdens so sehr erregt, daß dieser, zur Vervollständigung seiner Dokumentation, sämtliche diese Person betreffenden „Warnungen" recherchiert. Möglicherweise ...

Und abwechselnd im Flackern eines antiken Kerzenleuchters und des elektrischen Lichts, das hin und wieder eine launische Gesellschaft spendete, überlegte und schrieb ich einen Großteil der Nacht.

Mein Kopf, der vom Stein in Boulogne noch immer schmerzte, war ein echtes Kaleidoskop. Gronard, Baratet, Karl Verden, Lepain, Jo der Tätowierte, Jorissen, Laboule und andere führten einen wilden Tanz auf. Meine Müdigkeit war verflogen. Eine Hypothese nahm Gestalt an, wurde klarer, logisch, wahrscheinlich. Eine Hypothese wäre zu wenig gesagt. Eine sichere, exakte Theorie über diese Affäre.

Abgesehen von einigen Unklarheiten, endlich die Wahrheit!

Kapitel XX
Monsieur Petit-Chardon

Am nächsten Tag war ich noch zu nervös, um ins *Flore* zu gehen. Ich hätte die Gefühle, die mich bestürmten, nicht verbergen können. Nun legte ich aber keinen Wert darauf, daß mein Fieber von irgendjemandem bemerkt würde. Auch wenn mein ausgedehntes Fernbleiben vom Café, wo die Bullen mich so gerne gesehen hätten, ihn wütend machte, war es besser, bei mir zu Hause die Ergebnisse von Marcels Schritten abzuwarten. Der Tag verging ohne Zwischenfall. Die Presse brachte keinerlei Hinweis auf einen Leichenfund in der Gegend von Boulogne. In der dritten Etage seines ausgebombten Hochhauses würde Jo der Tätowierte bald dafür sorgen, daß die streunenden Katzen und die Ratten des Viertels fetter würden.

In dieser Nacht schlief ich wie ein Murmeltier. Den Vormittag verbrachte ich im Bett und stand gegen Mittag hellwach auf. Um zwei Uhr benachrichtigte mich das Bistro von gegenüber, daß es einen Anruf für mich gab. Es war Marcel.

– Ich hab' was Neues, erklärte er, mit einem leicht triumphierenden Beben in der Stimme. Ich glaube aber nicht, daß der Fall dadurch klarer wird. Er wird eher komplizierter. Auf jeden Fall würde ich dir gern bei mir davon erzählen.

Ich verstand seine Vorsicht.

– Wann? fragte ich.

– Je eher desto besser. Hier ist jemand, den ich nicht ewig festnageln kann.

– Ach! Wer denn?

– Ein sehr interessanter Typ. Ich werd's dir erklären.

– Ich komme, sagte ich.

Eine halbe Stunde später war ich bei ihm.

– Ich stelle dir Monsieur Baptiste Givert vor, sagte Marcel.

Die Person, auf die er zeigte, bemühte sich in einer Ecke des Arbeitszimmers auf einem Stuhl so wenig Sitzfläche wie möglich einzunehmen. In Schwarz gekleidet, mit einem ausgesprochen komischen Kragen und verlegenem Gesicht drückte er eine nicht mehr ganz korrekte Melone gegen seine Brust. Kurzhaarig und schlecht rasiert, schien er in seiner Mischung aus scheelblickendem Oberkellner und schmierigem Winkeladvokaten direkt aus einem Groschenroman zu stammen.

Ohne sich zu rühren, ließ er meine erstaunte Musterung über sich ergehen, stand auf, verbeugte sich, sprach unterwürfig: „Guten Tag, Monsieur“, und setzte sich wieder. Er mußte pfiffiger sein, als seine devote Haltung vermuten ließ.

Marcel schien mächtig in Form zu sein. Von dem „Keulenschlag“, welches das tragische Ereignis von vorgestern für ihn noch mehr als für mich gewesen war, war ihm nichts mehr anzumerken. Zumindest schien es so.

– Du mußt deine Theorien revidieren, sagte er. Dein Verleger ist vielleicht zu den schlimmsten Schandtaten fähig, und auf jeden Fall schreckt er nicht vor einer Straftat zurück; seine Beteiligung an der Affäre Karl Verden ist jedoch ausgeschlossen. Die berühmte Schreibmaschine, auf der die Anklage basiert, hat er sich auf die einfachste Weise der Welt besorgt ...

– Wie denn?

– Mittels der Straftat, von der ich gerade sprach. Indem er sie kaufte ... einem Dieb abkaufte.

Bei diesen Worten erhob sich Monsieur Baptiste Givert leicht von seinem Stuhl, als wollte er sagen:

– Ich bin's, mit Verlaub.

Marcel wandte sich an ihn:

– Monsieur Baptiste Givert schien mit seinem Arbeitgeber nicht gerade zufrieden gewesen zu sein. Er glaubte, seiner Unzufriedenheit dadurch Ausdruck verleihen zu müssen, daß er vermutlich zusammen mit anderen Gegenständen auch die besagte Schreibmaschine mitgehen ließ ...

– Ich schätze, Monsieur, korrigierte der Diener, daß beim augenblicklichen Stand der Dinge der Diebstahl bei Deutschen kein Diebstahl ist.

– Monsieur Givert ist eine Art Widerstandskämpfer, lachte Marcel.

Der windige Kerl verneinte dies weder, noch bestätigte er es. Er ließ lediglich seine Kopfbedeckung kreisen.

– Fangen wir ganz von vorn an, befahl mein Freund. Folgendes ist also geschehen ... Gestern, als ich mich einigermaßen erholt hatte, stattete ich dem Gronard-Verlag einen Besuch ab. Dazu hatte ich mich mit einem Titel ausstaffiert, den es bestimmt nicht gibt, von dem ich aber, beim augenblicklichen Stand der Dinge, wie Monsieur sich auszudrücken beliebte, keineswegs überrascht wäre, wenn er von unserer geliebten Administration bald geschaffen würde: Inspektor des Ministeriums für Industrieproduktion, Abteilung Bestandserfassung von Schreibmaschinen. Dieser aufgeblasene Titel hätte deinen Verleger vielleicht nicht beeindruckt, aber er war gar nicht da. Seine leichtgläubigere Sekretärin – zu ihrer Entlastung muß gesagt werden, daß das Genre der Groteske seit Vichy einen derartigen Aufschwung erfahren hat, daß einen nichts mehr wundert – beteiligte sich bereitwillig an meiner Untersuchung ...

Er zog ein Papier aus seiner Tasche:

– ... Ich habe drei Maschinen gezählt, die folgende Nummern tragen: 122.570, 234.600 und 111.111.

Ich hob die Hand. Er hob die seine ebenfalls, um meiner Unterbrechung zuvorzukommen:

– Ich weiß. Die ersten beiden interessieren uns nicht. Die dritte ist eine tragbare Underwood mit amerikanischer Tastatur ...

– Das ist die von Karl, sagte ich. Ich erinnere mich an die charakteristische Nummer.

– Ganz sicher. Auf dieser Maschine wurde der Brief getippt, den du mir gezeigt hast. Ich habe das nachgeprüft. Dazu habe ich um den Stammbaum der Maschinen gebeten. Die Underwood war ein Gelegenheitskauf, natürlich ohne Rechnung, aber ich hatte das Schwein, daß das Geschäft durch die Vermittlung eines Liebhabers der Sekretärin zustande kam, mit dem sie sich im Moment nicht allzu gut zu verstehen scheint ... Monsieur Givert, ich habe es Ihnen bereits gestern gesagt, ich wiederhole es Ihnen heute aber noch einmal: Wenn ich bis zu Ihnen gelangt bin, dann nur dank des Liebeskummers einer Frau, die keinerlei Grund mehr hatte, irgendjemanden zu schonen.

Philosophisch zuckte der Diener mit den Schultern. Seine ganze Haltung drückte deutlich aus, daß er von einer Frau nichts anderes erwartete.

– Versehen mit Namen und Adresse des Verkäufers der Underwood, fuhr Marcel fort, habe ich diesen Monsieur aufgesucht, der beileibe kein hochkarätiger Dieb ist, und sagte ihm ... Was habe ich Ihnen gesagt, Monsieur Givert?

Das marmorne Gesicht belebte sich ein wenig; es schien mir sogar, als würde in seinen tief in den Höhlen versteckten Augen eine unbestimmte Verschlagenheit schimmern, und der unredliche Dienstbote sprach:

– Sie haben mir gesagt, daß Sie sich für diese Schreibmaschine interessieren und kein Polizist sind; daß es Ihnen – mit Verlaub gesagt – (er verbeugte sich) schnurzegal ist, was ich getan habe, daß Sie aber sehr gerne wissen würden, woher ich diese Maschine habe; daß ich nicht nur nicht belästigt würde, sondern auch noch eine kleine Summe für mich herausspringen würde.

– Wiederholen Sie für diesen Herrn, befahl Marcel, indem er auf mich wies, die Geschichte der Schreibmaschine, Ihres Arbeitgebers, ihrer Residenz, etc. Monsieur ist nicht auf dem laufenden, und besser Sie erzählen es als ich. Dabei kann ich mich ein wenig ausruhen. Und denken Sie immer daran, daß ein Lügner ein gutes Gedächtnis haben muß. Sollten Sie im Laufe Ihres Berichts ins Stottern geraten, wird mich das davon überzeugen, daß Sie versuchen, mich auf's Kreuz zu legen.

– Oh! das würde ich mir nicht erlauben, verteidigte sich der Diener empört.

– Dann plaudern Sie mal los.

– Sehr gerne.

Er korrigierte die Position seiner Melone und wandte sich eher an mich:

– Die Schreibmaschine war Eigentum der Petit-Chardons, bei denen ich zwei Jahre lang in Stellung war, von Mai '42 bis April '44 ...

– Was haben Sie eben von Deutschen gesagt? unterbrach ich. Petit-Chardon ist kein germanischer Name.

– Nein, Monsieur. Und Madame und Monsieur Petit-Chardon sind meines Wissens im VIII. Arrondissement geboren. Für mich aber sind sie Deutsche ... Schlimmer noch ... Außerdem ist Monsieur aufgeblasen wie ein Krautfresser und trägt einen jener Schmisse, mit denen die Studenten sich dort so brüsten nach dem, was ich in Büchern gelesen habe ... Aber er ist nicht deutscher Nationalität, auch wenn er es im Geiste doch ist ... Während der ganzen Zeit, die ich in seinen Diensten stand, gab es keine Mahlzeit, die nicht, wenn man so sagen kann (er wandte die Augen gen Himmel), von der Anwesenheit eines teutonischen Offiziers beehrt worden wäre. Sie sehen also, welche Art Franzosen diese Petit-Chardons sind.

– Ich sehe ... Und natürlich haben Sie zwei Jahre lang bei jeder Mahlzeit einem teutonischen Offizier, wie Sie sagen, den Teller gereicht, aber bis September '44 gewartet, um daran Anstoß zu nehmen.

Er stellte mich vor die Wahl, ihn entweder für einen kompletten Idioten oder einen seltenen Zyniker zu halten; möglicherweise versuchte er auch einfach, mich für blöd zu verkaufen.

– April, Monsieur, am dritten genau. Der Tag, an dem sie mich ohne jede Rücksicht entlassen haben. Da habe ich die Maschine mitgenommen.

– Erzählen Sie uns von ihr, befahl Marcel.

– Ja, Monsieur. Ich hatte sie zufällig entdeckt, in einem Schrank des Bedienstetenraumes, wo sie kaum an ihrem Platz zu sein schien. Offenbar war sie dort vergessen worden. An diesem Tag habe ich mir gesagt ... hm ... nun ja, nichts ... ich habe mir gesagt, daß das kein Platz für eine Schreibmaschine ist ... Im Haus gab es zwei solcher Apparate. Monsieur tippte manchmal tagelang darauf. Von Zeit zu Zeit kam ein junger deutscher Offizier, und die beiden soffen zusammen. Man hätte meinen können, sie lieferten sich einen Wettkampf ... Ein komisches Haus, Boches und Co., wenn Sie meine Meinung wissen wollen.

– Sprachen diese Deutschen Französisch? fragte ich.

– Monsieur Petit-Chardon spricht Deutsch, und in dieser Sprache unterhielt er sich auch mit seinen Gästen, von denen die meisten des Französischen nicht kundig waren, außer jenen natürlich, die Monsieur Petit-Chardon bereits aus Vorkriegszeiten kannte.

– Ach! Es gab also Tischgenossen, die schon vor dem Krieg mit Ihrem Arbeitgeber verkehrt hatten?

– Ja, Monsieur. Er muß ein Agent dieser fünften Kolonne sein, von der man jetzt so viel hört.

– Sehr wahrscheinlich. Und was ist aus ihm geworden?

– Er wird hoffentlich im Gefängnis sein, äußerte der Mann in einem rachsüchtigen Ton.

– Oder auf der Flucht, sagte Marcel.

– Auf jeden Fall ist er nicht mehr bei sich zu Hause. Vor einigen Tagen bin ich an seinem Haus vorbeigegangen. Es sieht verlassen aus. Vor einer Woche jedoch war es noch bewohnt.

– Sie sind also dorthin zurückgekehrt?

– Ja, Monsieur. Wegen eines Dienstmädchens.

– Vorsichtig natürlich?

– Sehr vorsichtig.

– Haben Sie wegen Ihres Diebstahls etwas gehört?

– Ich glaube, er wurde nicht entdeckt.

– Sie sind ja wirklich ein Glückspilz!

– Ja, Monsieur.

– Und jetzt (mit einer Handbewegung forderte Marcel höchste Aufmerksamkeit von mir), erzählen Sie uns mal, wo die Petit-Chardons wohnten.

– Maisons-Laffitte.

– Gehörte das Haus ihnen?

– Ich meine, es so verstanden zu haben.

– Sie wohnten dort also schon vor dem Krieg?

– Wahrscheinlich.

– Beschreiben Sie uns das Haus.

Der Butler warf uns einen Blick zu, der deutlich verriet, wie lästig ihm das war.

– Es ist eine große Villa. Sie steht im hinteren Teil eines Parks. Im Erdgeschoß ...

Er lieferte uns eine vollständige Beschreibung, die einem Makler Ehre gemacht hätte.

– In der zweiten und letzten Etage, erläuterte Marcel mit der Stimme desjenigen, der einen Knalleffekt vorbereitet, erwähnten Sie einen Balkon. Einen überhängenden Balkon. Er hängt worüber, dieser Balkon?

Der Diener seufzte.

– Natürlich über der Seine, zum Teufel, in der auch die Fundamente stehen.

Marcel sprang auf und packte meinen Arm:

– Und hast du jetzt begriffen, Bill Lantelme? rief er mit einem ernsten Lächeln aus.

Ich hatte begriffen. Plötzlich fühlte ich mich neu belebt und ging, die Gegenwart des grotesken Strolches vergessend, im Zimmer auf und ab:

– 1938 wurde Karl Verden zu den Petit-Chardons, wenn sie wirklich so heißen, gelockt, die sechs Jahre später noch immer seine Schreibmaschine besitzen. Ohne sie zu benutzen. Sie steht als Alteisen an einem verborgenen Plätzchen, wo sie vergessen wurde ... In dieser Villa in Maisons-Laffitte, die in einem Park am Ufer der Seine steht, wurde unser unglücklicher Freund getötet; er wurde verstümmelt und sein Körper in den Fluß geschmissen ...

– Oh! Mein Gott, stöhnte Baptiste Givert, was sagen Sie da? Was für ein entsetzliches Verbrechen!

– Schnauze! herrschte Marcel ihn an. (Dann, zu mir gewandt): Ja, genauso muß es gewesen sein. Aber das bringt uns kaum weiter. Im Gegenteil. Gestern noch hatten wir in der Person deines Verlegers einen Verdächtigen. Nach dem, was ich nun in Erfahrung gebracht habe, scheidet er ja wohl aus. Bleibt Petit-Chardon. Er wäre natürlich ein guter Fang. Aber, pfffttt, da sieht man nicht mal mehr die Staubwolke ...

Ich überlegte schnell. Und plötzlich:

– Er ist vielleicht weniger weit weg, als wir glauben.

– Wirklich?

Ich machte einen Schritt auf den Diener zu:

– Die Ihrem Arbeitgeber gestohlene Schreibmaschine

haben wir bei einem gewissen Gronard gefunden. Sie haben sie ihm durch die Vermittlung eines Freundes seiner Sekretärin verkauft. Stimmt's?

– Ja, Monsieur.

– Sie haben nicht direkt mit Ihrem Käufer verhandelt?

– Nein, Monsieur. Ich habe ihn nie gesehen.

– Beschreiben Sie mir Petit-Chardon.

Abgesehen von der Fensterglasbrille und dem Schmiß lieferte er mir die Beschreibung Philippe Gronards.

Kapitel XXI
Der Hausherr von *Les Glycines*

Auf diese Enthüllung war Marcel nicht gefaßt gewesen. Er fluchte, sprang auf, brach in nervöses Gelächter aus und klopfte Baptiste Givert auf die Schulter, den soviel Vertraulichkeit zutiefst verunsicherte.

– Donnerwetter! hatten Sie Schwein, nicht Monsieur Gronard gegenüberzustehen, sagte Marcel. Ihm einen Gegenstand, den Sie ihm gestohlen hatten, wieder anzudrehen, oder beinahe! Möglicherweise hätte er die Komik der Situation nicht besonders zu schätzen gewußt.

– Groß ... artig! stammelte der Diener, der seine steife Haltung abgelegt hatte. Sind Sie sicher, daß die beiden nur einer sind? Donnerwetter, da bin ich ja knapp davongekommen ...

Innerlich leistete er wohl den Eid, nie wieder das Hab und Gut anderer Leute anzufassen.

– Ich glaube Ihnen, erklärte Marcel. Aber ... (Er runzelte die Stirn.) Das kann nicht sein! Wieso soll er seine Maschine nicht wiedererkannt haben?

– Die von Karl, berichtigte ich.

– Die von Karl ... Warum hat er sie nicht wiedererkannt? Ach! Ich glaube, ich hab's. Vielleicht hat sich „Petit-Chardon" nur daran erinnert, sie irgendwo zu haben. Ihr Verschwinden hat er gar nicht bemerkt. In dem Schrank des Dienstbotenraumes, wo Monsieur Givert sie entdeckt hat, verschimmelte sie mindestens seit dem Drama von '38 ... Vergessen, wie du eben ganz richtig bemerkt hast ... Davor war sie benutzt worden, um den gefälschten Versöhnungsbrief mit dem Hitlerregime zu tippen, und dann haben sie vergessen, sich ihrer zu entledigen ... „Petit-Chardon" erinnerte sich gar nicht mehr an die Existenz dieser Maschine ... Trotzdem muß Gronard diese Underwood noch in seinem Verlag gesehen haben ...

– Ich kenne Gronard, sagte ich. Er verbringt seine Zeit nicht damit, die Ausstattung seiner Schreibtische zu untersuchen.

– Tatsächlich, lachte er, der hat anderes zu tun. Sind wir nach längeren Umwegen nun wieder bei unserem Verdächtigen Nr. 1 gelandet?

Er ging im Zimmer auf und ab, rieb sich nervös die Hände, und machte sowohl innerlich wie äußerlich einen stark erregten Eindruck. Vor dem Diener hielt er plötzlich an:

– Wo befindet sich diese Villa genau?

– In Mai ...

– Ja, ja, aber in welcher Gegend?

– Tja, mal sehen ... Kennen Sie Maisons-Laffitte?

Amüsiert rief Marcel mich als Zeugen an:

– Ob ich Maisons kenne! Aber mein lieber Herr, die Rennbahn dort hat mich mehr Geld gekostet, als Sie jemals verdienen werden, ehrlich oder nicht.

– Ach! ... Das Haus steht im Park. Es heißt *Les Glycines*. Sie nehmen die Avenue Eglé. Danach ...

Auch ein Blinder hätte sich zurechtgefunden.

– Es könnte lehrreich sein, der Gegend einen Besuch abzustatten, murmelte Marcel. Vielleicht sind noch andere Sachen vergessen worden. Schließlich hat Gronard noch bis vor kurzem in der Villa gewohnt. Und wenn wir dort etwas finden, was unsere Vermutungen stützt? Denn bisher haben wir nur Vermutungen; keine Beweise ...

– Und du glaubst, daß in Maisons ...

– Man könnte es versuchen.

– Es ist komisch, sagte ich nach einer Pause, ich habe

ebenfalls den Eindruck, daß uns dort ein Beweis erwartet. Trotzdem ...

Wir wogen das Pro und Contra des geplanten Ausfluges ab. Wie ein gut abgerichteter Dienstbote assistierte Baptiste Givert bei der Diskussion als gleichgültiger Zeuge. Er trommelte mit den Fingern auf dem Hut herum, beobachtete die an der Decke herumsurrenden Fliegen und stellte alle Anzeichen freiwilliger Taubheit zur Schau. Schließlich gab ich den Argumenten Lepains nach. Sie waren zwar nicht sehr überzeugend, aber, gab er zu bedenken, das wäre „Bill Lantelme hoch zehn". Dieses Argument zeugte von einer tiefen Kenntnis meiner Psyche. Danach entwickelte er die Modalitäten des Vorhabens:

– Wir fahren noch heute hin. Hast du dein Fahrrad? Gut. Wir kundschaften die Örtlichkeiten noch bei Tageslicht aus und müssen uns, um keine Aufmerksamkeit zu erregen, wohl oder übel im Schutz der Dunkelheit in die Villa schleichen. Wenn wir einmal an Ort und Stelle sind, warten wir, da wir kein Licht haben, mit unseren Nachforschungen bis morgen früh. Am Abend sind wir wieder zurück.

Nachdem das geregelt war, fragte er den Dienstboten spöttisch, ob er nicht aus Versehen mit der Underwood zusammen auch einen Schlüssel von *Glycines* habe mitgehen lassen. Der betrübte Ausdruck Baptiste Giverts sprach Bände. Er habe eingewilligt, uns erschöpfend Auskunft zu geben, könne aber nicht mehr tun. Er habe keine Schlüssel.

– ... Die Parkmauer ist nicht sehr hoch, sagte er, um dieses Versäumnis wettzumachen und gewissermaßen als Zugabe. Die Küchentür ist aus Glas. Mit einem Diamanten ...

– Ich habe einen Diamanten.

Der Diener lächelte. „Alles fügt sich", besagte dieses Lächeln.

– Ich hatte Ihnen eine kleine Summe versprochen, sagte Marcel. Kommen Sie näher.

Ohne Eile erhob sich der Mann und machte einen Schritt vorwärts. Eine gewaltige Rechte zerquetschte ihm die Bartstoppeln. Er wirbelte mit den Armen durch die

Luft. Seine Melone rollte auf den Boden; er stürzte ihr nach und riß einen aus dunklem Holz geschnitzten Pferdekopf mit, der mit seinem zusammenstieß. Ich verstand nichts mehr.

– Du hast ihn mit einem Schlag niedergestreckt, sagte ich über den leblosen Körper gebeugt. Von deinen Box-Talenten wußte ich gar nichts.

– Im gegebenenen Moment wirst du noch ganz andere kennenlernen, lachte Marcel. Solange aber gib mir das Kabel, das unter dem Sofa liegt, und den Bademantelgürtel, damit ich den Goldjungen fesseln kann.

Ich gehorchte.

– Und was soll das? fragte ich.

– Wenn er uns geblufft hat mit seinem *Glycines* und dem ganzen Plunder? Nein, du brauchst mir nicht zu helfen. Du magst zwar ein sensationeller Schriftsteller sein, aber ich kann einen Mann garantiert besser fesseln als du ... Verstehst du, wenn er geblufft hat, würde ich den guten Mann gerne wiedersehen ...

– Du bist wirklich ein Mann, der seine Vorkehrungen trifft, sagte ich bewundernd.

– Ich lasse nichts außer acht, in der Tat.

– Ich werde ebenfalls Vorkehrungen treffen. Ich will nicht, daß Simone sich wegen meiner Abwesenheit beunruhigt, und ich lege auch keinen Wert darauf, mich von ihr anschnauzen lassen, weil ich ihr nicht sage, wo ich die Nacht verbringe.

– Das Telefon steht dort, du mustergültiger Ehemann, sagte er, wobei er auf den Apparat zeigte, der auf einem niedrigen Tischchen stand.

Ich nahm den Hörer ans Ohr.

– Kein Freizeichen, sagte ich, ihn zurücklegend. Ich werde mal sehen, ob das Telefon im Bistro nebenan besser funktioniert.

– Geh los, stimmte Marcel zu. Unterdessen werde ich diesen Bruder hier weiter zum Paket verschnüren.

Nach einer Viertelstunde kam ich zurück. Gefesselt und geknebelt lag Monsieur Baptiste Givert auf dem Sofa. Seine Augen waren geschlossen, er war aber wieder zu sich gekommen. Der Sieger zündete eine Zigarette an der anderen an.

– Das Café in Fontenay ist ständig besetzt, grollte ich, ich habe niemanden erreicht.

– Du kannst später von woanders telefonieren ...

Er warf einen befriedigten Blick auf sein Opfer:

– ... Gehen wir?

Wir brachen auf.

Da sämtliche Brücken in die Luft gejagt worden waren, mußten wir die Seine mit der Fähre überqueren und brauchten eine beträchtliche Zeit, um Laffitte zu erreichen. Das reizende Städtchen der Liebhaber von Pferderennen wimmelte von Amerikanern. In einigen Villen hatten die feldgrauen Uniformen von früher jetzt khakifarbenen Platz gemacht. Nicht einen Moment kam es mir in den Sinn, daß *Les Glycines* beschlagnahmt sein könnte. Tatsächlich war sie es nicht.

Die Villa lag ziemlich weit von jeder anderen Behausung entfernt und war von der befahrbaren Straße weniger durch einen Park als durch ein kleines Wäldchen getrennt. Vor zwei Fenstern in der Fassade waren die Läden geöffnet. Trotz dieses Lebenszeichens machte das Anwesen einen völlig verlassenen Eindruck. Eine wildwachsende Vegetation überwucherte die Auffahrt, die vom eisernen Portal zur Freitreppe führte. Die Torflügel waren mit einer Kette zusammengebunden und mit Hängeschlössern versehen.

Es wäre leichtsinnig gewesen, sich noch weiter vorzuwagen. Wir entfernten uns und strolchten auf dem Renngelände herum, wo mein Gefährte unbedingt einen nostalgischen Blick auf die Trainingsbahnen werfen wollte, auf denen weit und breit kein Roß mehr zu sehen war.

Darüber wurde es Nacht.

Marcel richtete sich auf. Er sagte:

– Ich glaube, wir können jetzt gefahrlos hingehen.

Das war auch meine Ansicht.

Seit einer Stunde lagen wir zusammengekauert im hohen, von Insekten bevölkerten Gras und beobachteten das Haus; wir lauerten auf einen Lichtschein, der auf die Anwesenheit einer Person schließen lassen könnte.

Die Vögel waren verstummt. Einige Minuten nach unserem Eindringen in den verwilderten Park war auf der Straße ein Motorrad vorbeigefahren. Seitdem war die Ruhe einer mond- und sternenlosen Nacht durch nichts mehr gestört worden, abgesehen vom Gemurmel der nahen Seine und dem weitentfernten Gesang eines Soldatencamps. Zwei oder dreimal heulte eine Eule und verstummte dann. Wind bewegte die Bäume. Welkes Laub landete weich auf unseren Körpern. Weit oben am Himmel flogen Flugzeuge vorbei. In Richtung La Frette ging ein Scheinwerfer an, dessen vertikaler heller Strahl sich an den niedrigen Wolken brach.

Jetzt erhob auch ich mich.

In vorsichtigen Abständen den Strahl seiner Taschenlampe auf den Boden richtend (ich besaß nichts Derartiges), ging Marcel voran. Wir erreichten die Auffahrt und folgten ihr, bis wir uns vor der Villa, dem Objekt unserer Neugier, befanden. Die Glastür der Küche war leicht zu finden. Statt eine Scheibe einzuschlagen, was einen zu engen Durchgang ergeben hätte, zog mein Begleiter es vor, die Tür mit einem am Boden gefundenen Eisenstück aufzubrechen.

Nachdem wir drinnen waren, schloß er die Tür hinter sich und ließ den bleichen Schein seiner Lampe über die weißen Wände gleiten, an denen noch Küchengeschirr hing.

– Endlich, seufzte ich, können wir rauchen.

Auf unserem Beobachtungsposten hatten wir aus Vorsicht darauf verzichtet. Ich stopfte eine Pfeife und zündete sie an. Marcel hob eine Falltür hoch.

– Vielleicht gibt's im Keller was zu trinken. Sollen wir mal nachsehen?

Ich war bereits im nächsten Raum, am Fuß einer staubigen Treppe, die ich im Schein meines Feuerzeuges bemerkt hatte.

Halb gähnend, halb fluchend gab ich zurück:

– Das würde mich wundern.

Ich schlug vor, uns auf die Suche nach einem möglichst bequemen Platz für die Nacht zu machen.

Er willigte ein und kam mir nach, um die Treppe hochzusteigen. Die Stufen knarrten unter unserem Gewicht. Wir gelangten in eine Art Bibliothek, dir wir ohne genaueren Blick durchquerten. Ein angrenzendes Zimmer sah nach einem Salon aus. Ein anderes war leer.

– Die Schlafzimmer sind vermutlich ganz oben, sagte ich. Besser wir erwarten den Tag in einem Bett als auf einem Sessel.

Ich stolperte über ein kleines Tischchen und stieß mich schmerzhaft an einem Stuhl, bevor wir die Treppe fanden, die zur zweiten Etage führte.

– Warte auf mich, zum Teufel, brummte Marcel. Du wirst noch auf die Schnauze fallen. Er ging bei unserem Aufstieg voran und leuchtete auf die Stufen. Oben angelangt, erlosch die Lampe. Er fluchte.

– Schweinerei. Wir müssen uns weitertasten.

In der nächtlichen Stille leierte eine Turmuhr die Stunden herunter. Die Eule stieß ihr klagendes Heulen aus. Dann hörte ich nur noch meinen eigenen Atem, kurz und gepreßt. Der Moment, den ich vorausgesehen hatte, überraschte mich. Ich wußte zwar, daß wir hier den *Beweis* finden würden, daß der letzte Akt hier spielen würde; dennoch war ich in kaltem Schweiß gebadet. Ich fühlte die schmierige, furchtbare Gegenwart des Mörders. Massig und gewaltig füllte sie das Zimmer und verpestete die Luft.

Ich sprang zur Seite, ohne auf die Möbel zu achten, an denen ich mich stieß.

– Lepain! heulte ich. Marcel Lepain! ...

Ich wollte noch etwas hinzufügen. Meine Kehle war trocken. Ein mächtiger Lichtstrahl blendete mich.

– Hände hoch, *ihrr swei*, befahl eine grobe Stimme.

Genau in diesem Moment, durch eine der bereits erwähnten Launen der Elektrizitätsgesellschaft, flammte das Licht auf. Die Deckenlampe beleuchtete eine seltsame Szene.

In dem weitläufigen Raum, dessen hohes Fenster auf den über den Fluß hängenden Balkon ging, waren wir zu dritt.

Ich sah mich in einem Spiegel, bleich und verstört, der rechte Arm baumelte am Körper, wie heruntergezogen von dem Gewicht des Revolvers, den meine verkrampfte Hand hielt. Hinter mir stand Marcel. Er grinste verzerrt. Vor Verblüffung waren seine Augen weit aufgerissen. Seine Finger quetschten einen Totschläger.

Und vor uns, eine drohende Mauser in der Faust ...

Der Mann war barfüßig. Unter einem schäbigen Bademantel trug er ein offenes Hemd und eine Uniformhose der Wehrmacht. Er war schmutzig und schlecht rasiert und hatte abgespannte, ausgemergelte Züge; blitzartig wurde mir klar, wer er war.

Es war Hans Wilhelm Verden, der Bruder von Karl!

– Hände hoch! wiederholte der Deutsche. *Schnell!*

Ich warf meine Waffe weg. Mit einem Fußtritt schleuderte er sie außer Reichweite.

– Hans Verden, rief ich aus. Ich bin Jean Refreger. Erinnern Sie sich? Refreger ... Ein Freund von Karl.

– Ach ... sagte er mit tragischer Ruhe. Jetzt erkenne ich Sie wieder. Der Journalist, nicht? Ja, ein Freund von Karl ... Und dieser Herr ist Marcel Lepain, wenn ich das richtig verstanden habe ... Sehr erfreut ... Ebenfalls ein Freund von Karl ...

Er lachte höhnisch. Ein wildes Funkeln entflammte seine blauen Augen.

– Schwein! zischte er.

Er trat vor. Irgend etwas flog an meinem Ohr vorbei: der von Marcel geschleuderte Totschläger traf den unerwarteten Hausherrn der einsamen Villa am Handgelenk und schlug ihm die Waffe aus der Hand. Ich wich dem mir bestimmten Schlag aus, bemächtigte mich eines schweren Schemels und schleuderte ihn zwischen die Beine meines Angreifers, der Anstalten machte zu fliehen. Er fiel hin. Wir beeilten uns. Ein wütendes Handgemenge folgte. Ich bekam Schläge ab und verteilte auch welche. Wir waren zwei gegen einen; der Mann war bald überwältigt.

Mit zittrigen Beinen setzte ich mich.

Mit seinem ganzen Gewicht auf der Brust des Besiegten knieend, der jetzt mit gekreuzten Armen auf dem Parkett lag, schnaufte Hans Verden wie ein Schmied. Er fluchte in seiner Sprache, spuckte Marcel ins Gesicht und wandte sich an mich:

– Das ist der Mörder meines Bruders, verkündete er mit furchtbarer Langsamkeit.

Kapitel XXII
Der Mörder

– Ich weiß, antwortete ich zu seinem größten Erstaunen.

Keuchend fügte ich hinzu:

– Ich hatte noch Zweifel ... Aber jetzt bin ich sicher ... Und abgesehen von dem Mord an Karl gehen noch mindestens fünf weitere auf sein Konto ... Frische ... Und mich wollte er auch loswerden ... noch in dieser Nacht ... Der Totschläger war für mich bestimmt ... Er wollte sich auf mich stürzen, aber ich sprang im Dunkeln zur Seite ... Denn ich war auf der Hut ... Ich bin seit zwei Tagen auf der Hut ... Deshalb der Revolver ..., den ich im ersten Moment nicht benutzt habe ... Ich war vor Angst wie gelähmt ... Aus einem Reflex heraus konnte ich nur noch zur Seite springen ... Ohne Ihr wundersames Eingreifen würde ich es jetzt bedauern, freiwillig in die Falle getappt zu sein, die mir dieser Typ gestellt hat ...

Mir wurde plötzlich bewußt, wie seltsam es war, den Bruder des Gefolterten an diesem Ort vorzufinden.

– ... Aber wie kommt es, daß Sie hier sind?

– Das ist eine lange Geschichte, sagte er mit müder Stimme.

Er schien mir nicht auf der Höhe zu sein. Er war erschöpft von dem gewalttätigen Sport, den wir soeben betrieben hatten.

– ... Das ist eine lange Geschichte. Aber ich werde sie

Ihnen leichter erzählen, wenn ich die Ratte da nicht in Schach halten muß. Ziehen Sie ein Laken vom Sofa und reißen sie es in Streifen. Haben Sie keine Skrupel. Es gehört diesem Schwein. Wir werden ihn sauber verschnüren.

Zum zweiten Mal an diesem Tag hielt ich etwas in der Hand, um einen Menschen zu fesseln. Aber dieses Mal wurde ich nicht daran gehindert, mich an der Operation zu beteiligen:

– Und du dachtest, ich wäre dazu nicht fähig, spottete ich in Marcels Richtung. Du kannst dich jetzt vom Gegenteil überzeugen; und dabei hätte ich Monsieur Baptiste Givert bestimmt besser gefesselt als du ... Denn ich nehme an, daß du nicht zu fest gezogen hast; um diese Zeit ist dein Komplize aus der kleinen Komödie von heute nachmittag bestimmt schon frei wie ein Vöglein ... trotz des falschen K.O.-Schlages, den du ihm verpaßt hast, um mir vorzugaukeln, daß du seinen Angaben so skeptisch gegenüberstandest.

– Hirnloser Idiot! spuckte er. Ja, es ist eine Falle, aber nicht so, wie du dir vorstellst. Sie wurde für uns beide aufgestellt, und du wirst genauso ihr Opfer sein wie ich. Hast du denn nicht die linke Hand des Mannes gesehen? Sieh dir seine linke Hand an. An seinem kleinen Finger, denn er bekommt ihn über keinen anderen, funkelt der eckige, ein E bildende Ring ... der Ring, den Karl trug ... der Ring seiner Frau Else ...

Meine Blicke richteten sich auf die bezeichnete Stelle. Marcel sprach die Wahrheit.

Dieses charakteristische Schmuckstück, das nur der Leiche von Karl Verden, dem Antifaschisten, gestohlen worden sein konnte, schmückte heute den Finger seines Bruders. Und ich erinnerte mich, daß dieser unter dem Namen Otto Mullnitz der Partei angehörte. Im Interesse der Sache natürlich, aber ...

Instinktiv suchten meine Augen den Revolver, dessen ich mich entledigt hatte. Er lag nicht mehr auf dem Teppich. Mir fiel ein, daß ich gesehen hatte, wie der Deutsche ihn aufgehoben und in seine Tasche gesteckt hatte.

Ich kam nicht mehr dazu, irgendetwas zu sagen oder zu tun. Ich fühlte mich in das Zentrum eines Orkans gerissen. Ein Schlag in den Plexus trieb mir die Eingeweide in den Mund. Mein Kopf schlug auf die Kante eines Möbelstücks, und im selben Moment wurde alles schwarz. Wieder war die Elektrizität unterbrochen, aber in dem Augenblick dachte ich, ich wäre erblindet. Ich stieß einen langen Schrei aus. Jedenfalls kam es mir so vor. Gleich darauf wurde ich ohnmächtig.

Steif wie ein Brett kam ich wieder zu mir. Ich war mit meinem eigenen Taschentuch geknebelt und mit den von mir selbst gefertigten Streifen gefesselt. Neben mir lag ebenso brillant verschnürt Hans Verden. Das elektrische Licht war noch nicht wieder an. Dennoch war als Vorsichtsmaßnahme der schwere undurchlässige Verdunklungsvorhang vor die lange Fensteröffnung gezogen.

Auf dem Hals einer Flasche, die neben meinem Revolver und dem des Deutschen stand, beleuchtete eine qualmende Kerze den Tisch, an dem Marcel Lepain mit aufgestützten Ellenbogen saß. Eine Zigarette hing zwischen seinen Lippen, und er dachte nach. Im flackernden Schein der Kerze war sein Gesicht eine von kalter Entschlossenheit verzerrte, furchterregende Maske.

Als er hörte, wie ich mich rührte, blickte er in die düstere Ecke, in der wir lagen. Er stand auf, packte mit der rechten Hand die Mauser, mit der anderen die Kerze und kam näher, wobei er gespenstische Schatten warf. Er hob die Kerze über seinen Kopf, betrachtete uns eine Weile mit bösartigem Grinsen und lachte dann höhnisch:

– Na Jungs, wie findet ihr die Suppe? Suppe ist genau das richtige Wort, denn ihr werdet gleich einen hübschen Kopfsprung in die Seine machen. Das Wasser wird wohl ein bißchen frisch sein, aber ihr werdet es gar nicht merken. Vorher werde ich nämlich jedem von euch eine blaue Bohne in den Schädel verpassen. Eine Bohne aus dieser Waffe: einer Mauser. Ein echter Wehrmachts-Knallfrosch. Wieder mal die Boches, wird es angesichts eurer grünlichen Leichen heißen. Ein Schlag der Gestapo! Und tatsächlich stimmt das sogar. Denn ich habe die Ehre, dieser noblen Organisation seit 1937 anzugehören. Es war wegen des Spanienkrieges, während man mich meinen guten Genossen von der FAI für treu und brav ergeben hielt. Sag mal Regfreger, Sie ahnten wohl nichts von diesem Doppelleben in Montparnasse, was? Sie machen sich über die Typen, mit denen Sie verkehren, nicht genug Gedanken. Zu sehr Bohème und zu sorglos! Dieselben Fehler wie bei den Anarchisten. Die hätten ganz schön blöd aus der Wäsche geguckt, wenn sie 1938 gewußt hätten, daß ich gerade Offizier geworden war. Aber heute sage ich Ihnen damit ja nichts neues mehr, oder? Sie haben es bereits geahnt. Ja, ja, ihr seid zwei sehr schlaue Jungs und werdet krepieren wie die Idioten. Aber bevor ich euch den Hahn abdrehe, würde ich doch gerne wissen, was du in meinem Haus zu suchen hast, mein kleiner versprengter Soldat. Und vor allem, woher du wußtest, daß dies mein Haus ist und daß ich deinen Bruder ins Jenseits befördert ...

Er stellte den behelfsmäßigen Handleuchter auf ein Möbelstück und nahm Hans Verden den Knebel ab. Mit befreitem Mund spuckte dieser sofort die anmutigsten französisch-deutschen Flüche aus. Marcel überließ sich einer freimütigen Heiterkeit. Dann:

– Werd' bloß nicht zu grob, sonst stopf' ich dir den Knebel wieder rein, sagte er. Also, was hat dich hierhergeführt? Ganz bestimmt nicht der Zufall, was? Den Zufall überlasse ich Refreger. Er lebt davon. Schließlich wollen wir ihm nicht das Brot vom Teller nehmen.

Als einzige Antwort spuckte der Deutsche einen weiteren Fluch aus.

– Ich muß mal überlegen, fuhr der andere fort, ohne die Fassung zu verlieren. Hast du den Tip vielleicht von Baldur von Speizer? Er hatte Karls Ring behalten; den Ring, den du heute besitzt. Das ist es, was? Hat Baldur gesungen?

– Ja, sagte Verden dumpf. Baldur hat gesungen.

– Die Aristrokratie ist verfault! rief Marcel mit gespielter Empörung. Diese Junker sind auch nicht mehr wert als

Straßenfeger. Sie können nicht mal mehr ein Geheimnis für sich behalten.

– An Speizers Stelle hättest du auch gesungen, erklärte der Soldat mit einer Betonung, die mich erschaudern ließ.

– Dein Bruder dagegen hat nichts gesagt.

– Vielleicht fehlte es euch 1938 noch an Technik, mutmaßte der Deutsche unter grausigem Gelächter.

– Alles wird immer perfekter, tatsächlich. Wir haben ihm aber noch gebührend die Stelzen zerkleinert, grinste der Mörder. So sehr, daß wir sie aus Vorsicht vom Rumpf abtrennen mußten. Aber natürlich war er nicht so ein piepsiges Persönchen wie dieser Baldur. Mir war vor allem daran gelegen, daß er von der Bildfläche verschwand. Paris war zu klein geworden für uns beide. Einer mußte für den anderen Platz machen. Ach! Wenn er Einzelheiten über seine Organisation ausgespuckt hätte, wäre ich noch besser belohnt worden. Aber schließlich wurde ich allein dafür, daß ich ihn umgelegt hatte, zum Offizier befördert. Und das war gar nicht so übel. Außerdem war ich beruhigt. Weißt du eigentlich, daß ich ihn erstochen habe? Baldur hätte die Sitzung ja gerne noch ein wenig fortgesetzt ... Apropos Baldur: so hat er also tatsächlich gesungen! ... Aber schließlich und endlich ist das nicht so bedauerlich, weil ich dich ja habe ... Und was hat er dir gesagt, außer dem, was ich dir gerade erzählt habe?

– Er hat mir alles erzählt, keuchte Hans Verden, sich an seinem eigenen Bericht berauschend. Alles enthüllt, über sich selbst und über dich ... Den Spezialauftrag, den er in Frankreich ausführte; deinen Beitritt zur Gestapo ... Wie Karl kurz davor war, dich zu enttarnen ... Und wie mein Bruder, um vielleicht einen Beweis zu haben, eines Tages nicht gezögert hat, sich tollkühn ein Taxi mit dir zu teilen ... Der Fahrer war einer eurer Komplizen ... Du hast Karl chloroformiert und hierhergebracht ... Er hatte seine Schreibmaschine, auf der der falsche ... Ihr habt ...

Die Stimme des Mannes versagte. Er machte eine Pause. Dann sprach er mit leiserer Stimme weiter, die aber unmerklich anhob, bis sie vibrierte:

– ... Es war vor einem Monat auf einem verlassenen

Bauernhof hinter der Front ... Wir waren allein, der SS-Offizier Baldur von Speizer und ich ... Endlich war er gekommen, der langersehnte Moment, wo ich einen der Mörder meines Bruders vor mir hatte ... Seit der Entdeckung des verstümmelten Körpers von Karl hatte ich keine Ruhe mehr und war unaufhörlich auf der Jagd nach Informationen über dieses Verbrechen. Ich war Parteimitglied, was mir die Aufgabe eigentlich hätte erleichtern sollen. Aber leider begünstigte mich das Schicksal kaum. Ich brauchte vier Jahre, um mein Ziel zu erreichen ... die Hälfte meines Ziels, denn du entgehst meiner Rache, Marcel Lepain ... Als wir vor einem Monat allein waren, Speizer und ich, brachte ich die Unterhaltung auf den originellen Ring, den er am Finger trug ... Es war eine entzückende, weltläufige Konversation, wie ich sie mir auch mit dir versprach ... Er hat alles zugegeben ... Oh, nicht in einem Rutsch! ... Verstehst du, Marcel Lepain, von Zeit zu Zeit wurde er ohnmächtig ... Er hat mir deinen Namen gesagt ... den echten und den falschen, unter dem du hier wohntest ... diese Adresse, wohin ich, als von den Allierten und von meinen Landsleuten gehetzter Deserteur, trotz tausender Fallstricke und mit sehr präzisen Absichten gelangt bin ... um auf dich zu warten ... und, falls der Ort verlassen sein sollte, Hinweise auf deinen neuen Wohnort zu sammeln ... Ich hatte Vertrauen in meinen Stern ... Ich wollte dich finden, wo immer du auch sein mochtest ...

– Er ist famos, dein Stern, spottete Marcel. Noch ein Ersatz *made in Germany*. Du hast mich tatsächlich gefunden, aber ich bin es, der dich hat.

Hans Verden schien die Unterbrechung nicht zu hören. Wie in einem Traum fuhr er fort:

– ... Karls ganzes Blut sollte aus deinen Adern fließen ... ich wollte dich weinen sehen ... dich vor Schmerz brüllen hören ... (Er änderte die Lage seines Kopfes und fixierte Marcel mit seinem brennenden Blick.) ... Damals, als ihr begriffen hattet, daß Karl nichts sagen würde, habt ihr ihn mit einem Messerstich erledigt ... Diese Gnade habe ich Speizer nicht zuteil werden lassen ... Bei dir hätte ich es auch nicht getan ... Ich genieße die Schmerzensschreie meiner Feinde. Sie kitzeln meine Ohren. Mein Herz findet sie sanft und zärtlich, so daß es vor Freude hüpft.

Der fanatische Tonfall, in dem diese schrecklichen Worte ausgesprochen wurden, beeindruckte den Mörder. Derjenige, der auf diese Weise seine grausamen, wilden Absichten hinausschrie, war gefesselt. Trotzdem wich der Gestapoagent zurück. Er wurde leichenblaß. Schweiß perlte auf seiner Stirn. In seiner Hand spürte er jedoch das beruhigende Gewicht der schweren Pistole. Er faßte sich wieder. Der plötzlich vorschnellende Fuß traf den Gefesselten ins Gesicht. Blut schoß aus der zerschmetterten Nase. Marcel brach in ein unsicheres Lachen aus, das in dem leeren Haus widerhallte:

– Da haben wir ja einen echten deutschen Romantiker in unserer Mitte, sagte er. Unglücklicherweise wirst du dein entzückendes Programm nicht ausführen können. Du wirst mich weder in Tränen ausbrechen noch mich vor Schmerz winden sehen ... Du bist es eher, der Gefahr laufen würde, verschiedenen Übungen unterzogen zu werden, wenn ich die Zeit zu solcher Zerstreuung hätte. Aber ich habe keine Zeit. Was ich bedaure. Du wirst dich damit begnügen müssen, deinen zerschmetterten Schädel in der Seine zu baden ...

Der Deutsche hatte außer Flüchen nichts mehr zu sagen. Er kannte reichlich davon. Marcel verabreichte ihm einen heftigen Kolbenschlag auf den Mund und knebelte ihn dann. Danach spuckte er den an seinen Lippen klebenden erloschenen Stummel aus und zündete sich an der Kerze eine neue Zigarette an. Er schien meine Anwesenheit vergessen zu haben. Er legte die Mauser auf den Tisch neben meinen Revolver und schien tief in Gedanken zu versinken.

Plötzlich schüttelte er sich, packte die Kerze, ging zur Treppe und stieg hinab. In diesem Moment erwartete ich etwas. Meine Hoffnung wurde enttäuscht. Und die Dunkelheit bevölkerte sich mit Gespenstern. Ich hörte Türen schlagen. Sie schlugen bestimmt nicht so laut wie mein Herz, dessen ungeordnete Sprünge ich in meiner Brust spürte. Es war stürmisch geworden, der schwarze

Vorhang blähte sich und zog ein wenig an seinen Ringen. Der Wind brauste in den Bäumen des gegenüberliegenden Ufers. Ich vernahm das unheilvolle Murmeln des dunklen Wassers, das zwei Etagen tiefer das Gemäuer leckte. Meine zum Zerreißen gespannten Nerven waren extrem empfindlich. Kein beruhigender Ton traf sie. Ein dumpfer Laut, wie der einer Falltür, drang aus einem weitentfernten Teil des Hauses herauf und ließ mich zusammenfahren. Hinter seinem Knebel knurrte Hans Verden germanische Flüche.

Unter den Schritten Marcels knarrte das Parkett. Dort, wo die Treppe aufhörte, war es weniger finster. Die letzte Stufe wurde genommen. Der Mörder war glatt hinunter und wieder hinaufgelangt. Alles war verloren.

Zusätzlich zu der in einen Kerzenhalter verwandelten Flasche, die er sofort auf den Tisch stellte, brachte Marcel ein staubiges Fläschchen zum Vorschein, das er mit einem Messer entkorkte. Er trank direkt daraus und begann zu husten. Der Duft von Rum kitzelte meine Nase.

– Siehst du, es war doch etwas zu trinken im Keller, sagte er. Der Rum des Verurteilten. Aber es ist der Henker, der ihn trinkt. Alles ist umgekehrt ... Meiner armer Jeannot, es fällt mir schwer, dich umzulegen, aber gibt es ein anderes Mittel? ... Schau mal, ich bin so nett ... Du würdest bestimmt gerne eine letzte Pfeife rauchen, bevor du mit Eisen beschwert toter Mann spielst ... Ich werde dir also eine fertig machen ...

Aus meinen Taschen holte er die notwendigen Utensilien, stopfte sorgfältig die Pfeife, wobei er mich ironisch um Ratschläge bat, wie er vorgehen solle, die ich ihm wegen des Knebels aber nicht geben konnte, zündete sie an und nahm einige Züge. Als der Tabak genügend glühte, nahm er mir den Knebel ab und steckte mir den Stiel zwischen die Zähne. Die duftende Rauchwolke gab mir mein Selbstvertrauen zurück.

– Und jetzt, sprach Marcel, sag' mir, ob du einen letzten Wunsch hast, bevor du springst. Den anderen Idioten frage ich das nicht, aber du wolltest mich ja auch nicht foltern ... Zumindest hoffe ich das ... Auf jeden Fall hast du nichts dergleichen gesagt. Was würde dir Freude machen?

– Ich würde gern ... begann ich.

– Guter Gott, unterbrach er mich, mir fällt gerade etwas ein. Du hast eben erklärt, daß du seit zwei Tagen auf der Hut warst ... Du hattest einen Revolver mitgenommen ... Du hast doch nicht zufällig die Polizei benachrichtigt, oder?

– Wie denn? fragte ich. Wir haben uns die ganze Zeit nicht getrennt. Wenn es mir gelungen wäre, Simone zu erreichen, hätte ich ihr bestimmt gesagt, daß sie sich ab einer bestimmten Uhrzeit Sorgen machen sollte, aber dieses verfluchte Bistro in Fontenay, das meine Anrufe entgegennimmt, war immer besetzt. Du mußt zugeben, daß dich der Zufall in diesem Fall begünstigt hat.

Er brach in Gelächter aus:

– Ich krieg' Bauchschmerzen von deinem Zufall. Weil du ihn auf jeder Seite deiner Romane benutzt, träumst du davon ... Es gibt keinen Zufall ... Ich ahnte natürlich, daß du, nachdem ich dich zu dem nächtlichen Ausflug in den Vorort überredet hatte, das Bedürfnis verspüren würdest, deine Frau zu benachrichtigen, damit sie sich keine Sorgen macht ... Und um das zu verhindern, durfte mein Apparat nicht funktionieren ... Ich hab' den Stecker rausgezogen, und als du telefonieren wolltest, war die Leitung tot ... Du mußtest jetzt nur noch sehen, ob das Café vielleicht ein besseres Fabrikat besaß ... Du warst noch nicht im Erdgeschoß, als ich mit meinem wieder angeschlossenen Apparat deinen Verbindungsmann in Fontenay anrief ... Ich ließ ihn Hinz und Kunz suchen, kurz, ich schickte ihn so lange wie möglich durch die Gegend ... Währenddessen konntest du dich noch so sehr abmühen, seine Nummer zu wählen ... Als der brave Baptiste Givert, der zur Stunde wie ein Engel schlafen muß, aber in seinem Bett – denn du hattest Recht, ich wollte nicht, daß du ihn fesselst, weil du Knoten gemacht hättest, während ich nur so tat –, als dieser brave Baptiste dich also heraufkommen hörte, legte ich auf und zog den Stecker wieder heraus, für den Fall, daß du ihn noch einmal benutzen wolltest. Und so lockt man also Autoren von Kriminalromanen in die Falle.

Er trank noch ein wenig Alkohol und sah auf seine Uhr:

– Verflucht, ganz schön spät schon, sagte er. Wir könnten uns vielleicht etwas beeilen. Ich würde trotz allem gern noch ein wenig schlafen. Und ihr auch. Ihr habt es natürlich weniger eilig als ich, aber sagt euch, daß ihr nicht mehr lange Gelegenheit dazu haben werdet ... Los, Refreger, was ist dein letzter Wille?

– Ich würde dich gerne, sagte ich mit zusammengeschnürter Kehle, um ... äh ... einen Gefallen bitten.

– Einen Gefallen?

– Ja. Du hast mir eben eine Pfeife angeboten. Das beweist, daß du mich gut kennst. Kannst du dir nicht vorstellen, was mir Vergnügen machen würde? Das wäre ...

– Raus damit, brummte er.

– Das wäre, sagte ich, es wie in den Romanen zu machen, in solchen, die ich schreibe. Du weißt schon, auf der letzten Seite, wenn der Detektiv alle Verdächtigen um sich versammelt und erklärt, warum dieser und jener im dritten Kapitel sich soundso verhalten hat, warum irgendein anderer nichts von dem auf S. 55 stattfindenden nächtlichen Besuch gesagt hat, warum die alte gelähmte Großmutter für Seiltänzerinnen schwärmt, und warum er, der Detektiv, beim Rumstöbern auf dem Speicher so schnell gemerkt hat, daß die gelähmte Großmutter früher mal Seiltänzerin war und in Wirklichkeit überhaupt nicht gelähmt ist, und daß der Typ, der in der zweiten Etage des Turms ermordet wurde, ohne daß man wußte wie, von der Alten abgemurkst wurde, die am Efeu hochgeklettert war ... Mit dem Telefonanruf hatten wir ja schon so angefangen ... laß uns weitermachen ... Du weißt ja bereits, daß ich dich schon, bevor wir hierherkamen, in Verdacht hatte ... Willst du nicht wissen, wodurch mein Verdacht erregt wurde? Warum ich dich unter anderen Verdächtigen ausgewählt habe? ... Findest du es nicht spannend zu erfahren, wie du beinahe enttarnt worden wärst? ... Diese Schlußszenen, die ich so oft geschrieben habe, habe ich noch nie selbst erlebt ... Marcel, mach, daß die letzte Stunde meines Lebens die schönste wird ... Laß mich meine letzten Minuten im Hochgefühl eines Romanhelden verbringen, der zwar vom Schicksal besiegt wird, dessen Schlußfolgerungen aber doch richtig waren.

Er lachte und stellte die Rumflasche, die er gerade geknutscht hatte, lautstark auf den Tisch:

– Diese Künstler! rief er aus. Dein Vorschlag gefällt mir, Jeannot, fügte er hinzu. Von all meinen Opfern bist du wirklich das komischste. Mit dir wird das Morden zum reinsten Vergnügen. Ich kann dir das unmöglich abschlagen. Stirb also, Sherlock Holmes spielend, in Schönheit. Aber begreifst du die ganze Pikanterie der Situation? Im allgemeinen rennt der Detektiv mit dem Superhirn immer quer durch's Zimmer, geht vor dem gefesselten unwürdigen Mörder auf und ab und spricht zu ihm: „An dem Tag, an dem Sie noch einmal Spaghetti bestellt haben, da ..." etc. Hier ist es umgekehrt. Wirklich sehr originell. Dennoch, das Interesse und die Zuneigung, die ich diesem Detektiv entgegenbringe, lassen mich meine Sicherheit nicht aus den Augen verlieren. Guter Gott! Ich kann euch beide doch nicht nur um des Vergnügens willen, dir zuzuhören bzw. damit du dir selbst zuhören kannst, erst morgen um zehn in die Brühe schmeißen. Ich hoffe also, daß deine Ausführungen nicht zu lange dauern ...

Er sah auf seine Armbanduhr:

– Ich gebe dir ... sagen wir ... Nein, schieß los. Wenn ich der Meinung bin, daß die Fische lange genug gewartet haben, jage ich dir eine Kugel in den Nacken. Wenn du in diesem Moment noch nicht fertig bist, ist die Originalität kaum noch zu überbieten. Der wahrhaft mysteriöse Roman mit dem unbekannten Ende! Und jetzt höre ich dir zu. Das Wort hat Bill Lantelme!

Kapitel XXIII
„Das Wort hat Bill Lantelme"

Ich stieß einen tiefen Seufzer aus und begann:

– Ich werde oft zu Vermutungen gezwungen sein, aber schließlich, na gut ...

– Ich bin da, um dich auf deine Irrtümer aufmerksam

zu machen, und dich, wenn nötig, auf den richtigen Weg zu bringen, alter Junge, sagte er jovial.

– Du bist ein netter Kerl, gab ich den Ping-Pong-Ball zurück. Zu nett sogar. Wenn es regnet zum Beispiel, verleihst du Regenmäntel an Leute, die keinen haben. Immer sind es solche unbedeutenden Einzelheiten, die einen auf die richtige Spur bringen. Das ist ein Gesetz. Vorgestern also, nach der Tragödie von Boulogne, die du selbst als „harten Schlag" bezeichnet hast ... und es war ein „harter Schlag", vor allem für dich ... Denn der Tod von Jo dem Tätowierten kam mir sofort verdächtig vor. Er war es doch, der ins Schloß von Erougeules eingebrochen ist, nicht wahr?

– Auf meinen Befehl und meine Instruktionen hin, ja, bestätigte Marcel.

– Nach dem Coup hast du Jo von deinen Gestapo-Freunden unter dem erstbesten Vorwand einkassieren lassen. Deine Absicht war höchstwahrscheinlich, diesen störenden Zeugen in irgendein Dachau-Hotel zu verfrachten. Das ist nicht gelungen; ich frage mich, warum nicht.

– Meine Anweisungen wurden nicht richtig verstanden, und ich konnte die Affäre nicht weiter verfolgen. Sofort am nächsten Morgen hatte ich Ärger mit Résistance-Leuten. Als ich zurückkam, war Jo nach Deutschland verschickt worden. In einem Anfall von Optimismus glaubte ich, daß eine englische Bombe mich von ihm erlösen würde.

– Er war also hinter dir her, als ich ihn getroffen habe; er witterte sofort, woher der Wind wehte. Als ich dir vorschlug, uns auf die Suche nach ihm zu machen, um ihn zu fragen, ob Gronard ihn mit dem Einbruch beauftragt hatte, packtest du die Gelegenheit beim Schopf. Und du hast die Sache so gedeichselt, daß sich Joe während eures Handgemenges eine aus seinem eigenen Schießprügel stammende Kugel in die Kehle gejagt hat.

– Ich habe seinen Finger auf den Abzug gedrückt. Das war kinderleicht, warf Marcel lässig ein, der sichtlich Vergnügen daran gewann zuzuhören, wie ich seine Schurkereien ausbreitete.

– Nachdem Jo der Tätowierte tot war, hast du mir Ruhe empfohlen ...

Ich kam auf die Tube Farbe:

– ... Ich konnte mir nur schlecht erklären, warum sie sich in deinem Trenchcoat befand. Du bist kein Maler. Gehörte dieses Kleidungsstück also gar nicht dir? Und doch war mir, als hätte ich es schon einmal an dir gesehen. Wo und wann? Schließlich kam ich drauf. Es war am 10. August, als ich kam, um dich anzupumpen. Du warst in deinem Wagen und hattest ihn an. Nun war die Temperatur aber gar nicht danach. Warum also trugst du dieses Kleidungsstück, wenn nicht, um etwas zu verbergen, zum Beispiel den unordentlichen Zustand deines Anzugs? Ich habe den Trenchcoat untersucht und im Innenfutter und in den Taschen dunkle Flecken entdeckt, die nur Blutflecke sein konnten. Ich vermutete, daß du den Regenmantel übergezogen hattest, um die verräterischen Blutflecken zu verbergen. Hattest du Nasenbluten gehabt? Nein, dein Gesicht war sauber. Dagegen war die Hand, die mir die fünfhundert Franc hinhielt, nicht sehr rein. Es war ein anderes Blut als Nasenblut und sicherlich nicht deines. Wer aber konnte am 10. August eine große Menge Blut verloren haben? Natürlich Victor Baratet, der Maler, der mit Messerstichen getötet wurde ... Als ich dich am besagten 10. August traf, war es durchaus im Bereich des Möglichen, daß du gerade mit Baratet abgerechnet und dich aus seiner Wohnung verdrückt hattest, wobei du dir den Regenmantel schnapptest, um die Blutspritzer zu verdecken. Stimmt das?

Er antwortete nicht direkt:

– Aber ich dachte doch, du wärest der Mörder von Baratet, spottete er. Er schuldete dir Geld, du warst eifersüchtig ...

– Und habe ein Taschentuch neben seiner Leiche liegen lassen, wie? Als ich aus der Provinz zurück war, hast du mich mit der Affäre Baratet komisch gelöchert. Was wolltest du genau wissen?

– Ich wollte dir auf den Zahn fühlen. Mir war klar, daß du über den Mord Bescheid wußtest. Ich fragte mich, warum du das Viertel nicht zusammengetrommelt hast.

– Weil ich Baratet haßte und wegen seines Todes nicht eine Reise auf's Spiel setzen wollte, die vielleicht schon am nächsten oder übernächsten Tag unmöglich sein würde ...Und wenn ich später bei meiner Diskretion blieb, dann wegen des Taschentuchs; aber auch weil ich da ein bißchen besoffen war, was zu allerhand Dummheiten führt. Und pleite, was einen auch nicht gerade weiser macht; ich hatte mir fünftausend Francs unter den Nagel gerissen, die dem Verstorbenen gehörten ...

Diesmal wäre Marcel vor Lachen beinahe geplatzt. Nachdem seine Heiterkeit sich gelegt hatte, fuhr ich fort:

– Kommen wir auf vorgestern zurück. Sehen wir einen Augenblick von dem tragischen Zwischenfall in Boulogne-Billancourt ab. Habe ich eine Theorie? Ja, die Theorie Gronard. Die, die wir gemeinsam ausgeheckt hatten. Verdachtsmomente gegen Gronard: Er ist im Besitz von Karl Verdens Schreibmaschine, was vermuten läßt, daß er früher in dieses von *französischen oder anderen Gestapoagenten* verübte Verbrechen verwickelt war. Nun war Baratet mit einem *deutschen Offiziersmesser* getötet worden, und Suzanne war von *deutschen* Kugeln durchsiebt ...

– Woher weißt du das? fragte Marcel brüsk, wobei er die Stirn runzelte.

– Ich hab's von Edmond Loiseau, dem Journalisten, log ich. Suzanne, fuhr ich fort, konnte nur im Automobil eines Mitbürgers nach Marolles fahren, für den die Straßensperren der Wehrmacht kein Hindernis waren. Ein *Deutscher* also, echt oder nur ehrenhalber. Wenn schließlich der Mann, der all diese Verbrechen beging, wirklich ein *französischer Gestapoagent* ist, wie ich es im Gefühl hatte, war ihm nichts leichter, als Milizionäre bzw. noch rumbummelnde SS-Männer zu rekrutieren, um sie die Rolle falscher F.F.I.-Leute spielen zu lassen. Vorläufige Schlußfolgerung also: ein Mann, der an der Ermordung Karls beteiligt war, der Mörder Baratets, Suzannes, Pedro Estebans – der statt meiner dran glauben mußte –, der Anstifter des Renoir-Diebstahls, ist – ob er sich nun Gronard oder X nennt ... – ein und dieselbe Person. Das ist natürlich eine

Vermutung, und du verspottest sie. Verständlicherweise hast du keinerlei Interesse daran, daß ich all diese Verbindungen ziehe, und als ich z.B. annahm, daß Suzanne nur von jemandem nach Marolles begleitet werden konnte, den sie kannte, und daß dieser Jemand von Marolles Gronard ist, schreist du auf „Sie kennt Gronard!" Das war bekannt gewesen! Ich gebe zurück, daß wir auch nicht wußten, daß Baratet und sie verheiratet gewesen waren. Du vertraust mir daraufhin an, in das Geheimnis der Hochzeit eingeweiht gewesen zu sein. Diese Lüge, dazu bestimmt, deine Behauptung zu stützen, daß die Beziehung Gronard – Suzanne unmöglich nicht hätte durchsickern können, erwies sich als Fehler. Als ich dahinterkam, begann ich mir einige Fragen zu stellen ... Im Moment sind wir aber noch bei unserer vagen Hypothese. Beachte, daß ich mich nur über die Identität des Schuldigen täuschte. Die Zeugenaussage Jo des Tätowierten erweist sich als zentral für die Entrümpelung der ganzen Geschichte. Wir stöbern ihn auf, bei unserem Anblick wird er von einem unerklärlichen Wutanfall gepackt und stirbt, ohne uns irgendetwas sagen zu können ... So liegen also die Dinge, als mein ... hm ... mein alter Kumpel Edmond Loiseau, der Alleswisser, mir erzählt, daß Baratet in der Vergangenheit einem gewissen Knut Jorissen falsche Millets angedreht hatte, und daß dieser fanatische norwegische Nazi Gestapoagent ist. Zwischen diesen verschiedenen Ereignissen und Personen muß es eine Beziehung geben, aber welche? Nehmen wir an, daß Gronard die Renoirs hat klauen lassen. Er vertraut sie Baratet an, um Kopien herstellen zu lassen, die er anschließend an den alten Schwachkopf Jorissen verscherbelt, der einer seiner Kollegen bei der Gestapo ist ... Und was ist mit den Kopien? Hatte er die Absicht, die Originale wieder an ihren Platz zu schaffen? Warum aber sollte er in diesem Fall den Dieb umlegen? Jo der Tätowierte ist weit und breit ohne Konkurrenz. Man kam auf ihn, um ein erstes Mal die Türen zu öffnen; für das zweite Mal ist er unerläßlich ... Kurz, in meinem Kopf verhedderte sich alles ...

– Gibst du dir beim Schreiben deiner Bücher auch

solche Mühe? fragte Marcel spöttisch beunruhigt.

– Du bist wohl bescheuert! protestierte ich.

Und ich stürzte mich in einen langen Exkurs über die Techniken des Kriminalromans im allgemeinen und die meinigen im besonderen. Durch einen Blick auf die Uhr brachte Marcel mich zum Thema zurück.

– Im Kopf nur noch Gulasch, sagte ich, beschließe ich, mir ein wenig Ruhe zu gönnen. Die alten, aus den Archiven Karl Verdens stammenden Zeitungen, die ich bei Paule Nectaire aufgetrieben hatte, weisen darauf hin, daß der Deutsche sich sehr stark für einen gewissen Gauner interessierte, auf den sich zahlreiche *Warnungen* beziehen. Die Verbindung drängt sich auf: Es gab keinen Grund dafür, daß ein skrupelloser Abenteurer nicht einer der Spezialagenten – der Auslandsagenten der Gestapo – geworden sein sollte, für die sich Karl Verden interessierte. Und es bestand durchaus die Möglichkeit, daß dieser La Boule, der kurz davor stand, enttarnt zu werden, Karl in einen Hinterhalt gelockt hat, um ihn umzubringen ... Wer aber konnte sich hinter diesem malerischen Pseudonym La Boule verbergen? Zweifellos hättest du mich, wenn ich dir dieses Problem vorgelegt hätte, auf Gronard, unseren Verdächtigen Nr.1, festgenagelt, wegen seines kugelförmigen Aussehens. In der Gefängnissprache aber bedeutet La Boule ... *le pain*, Brot ...

– Stimmt, pflichtete Marcel bei. Und es handelte sich tatsächlich um mich.

– Danke für die Bestätigung ... Danach rufe ich etwa ein Dutzend Leute an, unter ihnen viele gemeinsame Freunde. Niemand weiß etwas von der sagenhaften Hochzeit, außer Eugène Ribes, den du übrigens nicht kennst, und der dieses Wissen seiner Doppelrolle als Hausfreund und Trauzeuge verdankt. Du hattest mich also bewußt angelogen. Warum? Um meinem Hang, gewisse Verbindungen zu ziehen, einen Dämpfer zu verpassen. Plötzlich drängen sich diese Beziehungen, von denen du nichts hören willst, geradezu auf. Von Ribes erfahre ich darüber hinaus, daß Baratet, der seit einiger Zeit ein bißchen nervös ist, Suzanne gebeten haben soll, im Falle eines Unglücks in sein Haus nach Marolles zu fahren. Weiter erfahre ich – diesmal von ... Edmond Loiseau –, daß wenigstens einer der Insassen des Autos mit den falschen F.F.I. von Fontenay, das verunglückt auf der Straße des Viadukts von Garabit aufgefunden wurde, als SS-Mann identifiziert wurde, und daß die Herberge des Viadukts durchsucht worden war. Mir fällt ein, daß du am Morgen nach dem Attentat, wenn nicht schon am Abend vorher verschwunden bist. Ich wähnte dich auf einer Sauftour, von dieser Sauftour kehrst du aber mit einer Handverletzung zurück ...

– Sehr richtig, bestätigte Marcel, seine Narbe vorweisend.

– Kurz, ich bastele eine neue Theorie, überzeugt davon, daß sie schließlich die richtige ist ...

Er unterbrach mich, um ein wenig zu schnaufen.

– Würde es dich stören, mir noch eine Pfeife zu stopfen? fragte ich.

Er fluchte:

– ... ausgerechnet im spannendsten Moment! sagte er vorwurfsvoll.

– So ist das in Büchern immer, entschuldigte ich mich. Die Spielregel muß eingehalten werden.

– Na gut, hier deine Pfeife, sagte er.

Und er setzte sich zurecht, um mir mit größter Aufmerksamkeit zu folgen. Mehr Bill Lantelme als je zuvor, fuhr ich mit meinen Ausführungen fort:

– Marcel Lepain und La Boule sind ein und derselbe. Er ist von der Gestapo. Karl will ihn enttarnen. Er läßt Karl verschwinden ... Dieses Drama steht mit der Renoir-Sache nur durch seinen Hauptdarsteller in Verbindung. Aber es muß eine Komplizenschaft zwischen Gronard und Lepain geben ...

Er unterbrach mich, um mich eines Besseren zu belehren:

– Eines Tages verschwand die Schreibmaschine. Gronard, dem ich wirklich vorgestern einen Besuch abgestattet habe, denn ich brauchte für die Komödie, die ich dir vorspielen wollte, ja die Beschreibung seiner Person, hat sie sich mehr oder weniger so beschafft, wie ich es dir erzählt habe, mit dem kleinen Unterschied allerdings, daß Baptiste Givert sie ihm weder geklaut noch verkauft hatte.

– Gut. Nun zur Renoir-Affäre, fuhr ich im Tonfall eines Oberstaaatsanwaltes fort. Hier ist meine Theorie. Sie teilt die Mängel aller Theorien. Einige Schlußfolgerungen ...

– Dürfte ich dir raten, es so kurz wie möglich zu machen? warf er ein. Die Zeit läuft.

So sehr er auch an meinen Ausführungen interessiert war, er verlor unsere physische Beseitigung doch nicht aus den Augen.

– Oh! Ich bin beinahe fertig, stieß ich mühsam hervor, ohne hinzuzufügen, daß ich es bedauerte.

– Los, mach weiter ... damit wir zum Ende kommen.

– Mit Hilfe von Jo, sage ich mir, bemächtigt sich Marcel der Renoirs. Er weiß um die Einfältigkeit seines Gestapo-Kollegen Knut Jorrisen und hat vor, die Kopien, die er von Baratet ausführen läßt, an Jorrissen zu verscherbeln. Aus einem Grund, den es noch aufzudecken gilt, macht Baratet die Arbeit nicht und gibt die Bilder auch nicht zurück. Er versteckt sie. Und deshalb tötet Marcel ihn ... Ich treffe dich also, als du nach Hause zurückkommst ...

Zur großen Ungeduld meines Zuhörers pflückte ich sein Verhalten an jenem Tag auseinander; als ich sah, daß er auf die Uhr schaute und einen Trommelwirbel auf sein Knie schlug, hielt ich es für angeraten, den Faden wieder aufzunehmen:

– Ich verlasse dich und gehe zu Baratet. Ich klopfe. Keine Antwort. Ich will gerade kehrtmachen, als ich den Schlüssel bemerke, den ein heftiges Zuschlagen der Tür wohl aus dem Schloß hat fallen lassen. Da meine berufliche Neugier aufs Höchste erregt ist, hebe ich ihn auf und benutze ihn. Ich entdecke die Leiche. Ich gehe weg, den Schlüssel lasse ich stecken. Als die Bullen eingreifen, steckt der Schlüssel nicht mehr, denn sie müssen das Schloß aufbrechen. Also hat noch jemand anderer als ich der Leiche einen Besuch abgestattet. Jemand, der einen kühlen Kopf bewahrte, denn er dachte daran, den Schlüssel mitzunehmen. War es Suzanne? Suzanne ist tatsächlich gekommen.

Aber sie war, als sie die Treppe herunterkam, sehr erregt, und die Tatsache, daß sie ohne Vorsicht mein Taschentuch in die Hand nahm und auf dem geronnen Blut Fingerabdrücke hinterließ, spricht nicht gerade für große Besonnenheit. Es muß sich um eine zweite Person handeln ... Ich nehme an, daß Suzanne mich für den Mörder hielt. Außer sich, weiß sie nicht, wie sie sich verhalten soll. Sie würde gern einen Rat einholen. Sie denkt daran, daß Marcel Lepain der Passende wäre. Ausgestattet mit dem Beweisstück teilt sie dir ihren Verdacht mit. In deiner Wohnung entsinnt sie sich der Ratschläge ihres Ex-Mannes für den Fall, daß ihm „ein Unglück zustößt". Das Unglück ist eingetreten. Es wäre möglicherweise sinnvoll, nach Marolles zu fahren. Sie könnte zwar noch einige Tage warten, aber die militärischen Ereignisse überstürzen sich. Außerdem ist Suzanne eine Abenteurerin. Um dorthin zu gelangen, braucht man ein Auto. Besaß Marcel nicht eines? Du willigst in den Vorschlag ein. Du schickst sie weg, damit sie sich für die Reise vorbereitet, und kehrst zu Baratet zurück, um mein Taschentuch neben die Leiche zu legen, für alle Fälle. Du ziehst dich zurück und nimmst den Schlüssel mit. Ihr fahrt nach Marolles, wo ihr mitten in der Nacht ankommt. Suzanne öffnet den Koffer und entdeckt den Renoir. Tatest du in diesem Moment irgendetwas, was ihren Verdacht erregte? Hatte Baratet, der um sein Leben bangte und wußte, aus welcher Ecke die Gefahr drohte, in dem Koffer einen Hinweis hinterlassen, aus dem Suzanne sofort schloß, daß du sein Mörder warst? Ich weiß es nicht. Auf jeden Fall floh sie, mit dem Renoir unterm Arm ... Du nimmst ihre Verfolgung auf ... schießt auf sie. Sie entkommt dir, indem sie sich in einen haltenden Zug flüchtet, der im nächsten Moment anfährt ...

Ich kehre nach Paris zurück. Bei Ratier erzähle ich meine Geschichte. Die Postkarte des Viadukts von Garabit bringt dich auf die Idee, daß Baratet die Renoirs, die nicht in Marolles waren, möglicherweise in der Umgebung dieses Kunstwerkes versteckt hat.

Es ist natürlich nicht mehr die Rede davon, sie an Jorissen zu verscherbeln, aber die amerikanischen Kunstsammler sind schließlich auch noch da ... Daß ich von meinem Verleger damit beauftragt werde, eine Ermittlung zu führen, gefällt dir nicht. Wenn ich trotz der Verluste weiterspiele und mich mit meiner Romanfigur identifiziere, laufe ich Gefahr, Dinge zu entdecken. Du mußt etwas unternehmen. Nachdem du von Ratier weggegangen bist, flitzt du los und trommelst Komplizen zusammen, die du mir nach Fontenay schickst. Ich war der Meinung, dir meine Adressenänderung mitgeteilt zu haben. Als ich aber näher darüber nachdachte, merkte ich, daß ich dir nichts gesagt hatte. Du wußtest auch nicht, daß ich Pedro Esteban beherbergte. Er kriegt alles ab. Es ist komisch, wenn man das so sagen kann. Politische Flüchtlinge haben mit dir kein Glück. Selbst wenn du sie nicht persönlich im Visier hast, kommen sie um ... Du bist derweil wohl in Paris geblieben, wo deine Jungs dich treffen. Und auf dem Weg in die Auvergne. Neben dem Viadukt von Garabit unterhält das Ehepaar Renouardt eine Herberge. Ha, ha, du hattest den Witz mühelos kapiert. Wenn Baratet als einzigen Hinweis ein Photo des Viadukts hinterlassen hatte, dann, weil er es für ausreichend hielt. Ihr „befragt" die Herbergsleute und schlagt ihr Haus kurz und klein. Darf ich dich fragen, ob du gefunden hast, was du suchtest?

– Ich hab's gefunden, antwortete Marcel. Das heißt beinahe. Die Alten wußten von nichts. Ja, sie erinnerten sich an den jungen Mann vom Film. Nach den Dreharbeiten war er zurückgekommen und hatte zwei Tage dort verbracht. Aber er hatte nichts zurückgelassen. Wir haben alles auf den Kopf gestellt. Schließlich fiel mir ein Farbdruck ins Auge. Er stellte *Renards*, Füchse, dar. Wie der Nachname des Wirtes, es fiel mir wie Schuppen von den Augen! Der Renoir war dahinter.

– *Der* Renoir? rief ich aus.

– Es gab nur einen, seufzte er. Deshalb bin ich mit der Sache ja auch nicht zu Ende. Ich frage mich, wo er den dritten versteckt hat. Es ist jammerschade, daß du dazu bestimmt bist, gleich zu sterben, Bill Lantelme, sonst hätte ich an deine Talente apelliert, um mir zu helfen, es aufzustöbern. Ja, wirklich, sehr traurig. Aber schließlich muß ich mich wohl damit abfinden. Mit *La Baigneuse* und *La jeune fille*, die ich gleich morgen deinem Verleger abknöpfen werde, verschwinde ich. Jetzt, wo die Presse die Aufmerksamkeit auf sie gelenkt hat, werden sie allerdings weniger leicht unterzubringen zu sein; ich werd' trotzdem versuchen, sie zu verscherbeln ... Aber mach weiter, mein Alter. Ich versteh' ja, daß du keine Eile hast, ich aber bin in Eile. Und damit du nicht versucht bist, dich in Abschweifungen zu verlieren, werde ich deine Redezeit begrenzen. Wir sind hier nicht im *Bobino*. Hier ist weder ein Zirkus noch eine Music-Hall. Schluß mit den Mätzchen. Wenn du in einer Viertelstunde nicht fertig bist ... peng! Auf jeden Fall wird's für euch beide aus sein, lachte er.

– Du läßt den Vorhang fallen? hatte ich den Mut zu witzeln.

– Du sagst es. Ich lasse den Vorhang fallen.

Vermutlich, um den Ernst seiner Worte zu unterstreichen, stand er auf und überprüfte im Schein der Kerze die Mauser. Die Kerze ging zur Neige; die unruhig tanzende Flamme warf einen gespenstischen Reigen in den Raum. Es war ein schauriges Bild. Brüsk ließ Marcel die Waffe liegen:

– Der Vorhang! rief er aus.

„Das war's", dachte ich entsetzt, ohne daran zu denken, daß der Revolver auf dem Tisch liegengeblieben war.

Er packte mich an der Schulter. Seine Finger gruben sich in mein Fleisch. Er lachte:

– Der Vorhang! wiederholte er.

War er verrückt geworden? Offensichtlich, denn:

– ...Eine halbe Stunde ... Ich gebe dir eine halbe Stunde. Das ist es wert. Jubilierend setzte er sich. Fatalistisch zuckte ich mit den Schultern:

– Als wir uns wegen Karls Schreibmaschine treffen, sind wir beide ein wenig baff. Ich, weil ich dich auf der Flucht glaubte; du, weil du mich tot glaubtest. Gemeinsame Freunde konnten dir nichts gesagt haben, denn ich bin nach dem Attentat nur einmal kurz im *Flore* gewesen. Wo die eifersüchtige Raymonde mir übrigens mitteilt, daß du verschwunden bist. Vermutlich hat sie dir von unserer

Begegnung nichts erzählt. Da dieses Mädchen ständig wütend ist, schreibe ich deine Handverletzung einem Ehekrach zu ... An diesem Tag habe ich ein starkes Mitteilungsbedürfnis. Die ganzen Sachen, die ich meinte herausgefunden zu haben, regen mich unwahrscheinlich auf. Äußerst geschickt versuchst du mich von gewissen Verbindungen abzubringen, bestärkst mich aber in meinem Verdacht gegen Gronard. Als Ergebnis unserer Unterhaltung machen wir uns auf die Suche nach Jo dem Tätowierten, und es passiert das, was du schon weißt ... Das ist die Theorie, die ich noch am selben Abend zusammenbastle. Stimmt sie?

– Bis auf einige Details, ja, antwortete er entgegenkommend. Am Anfang hapert's noch ein bißchen. Der Sammler Jorissen war mein Vorgesetzter. Ich habe die Renoirs nicht geklaut, um sie ihm zu verkaufen, sondern um sie ihm zu schenken, da seine Unterstützung mir nützlich sein konnte. Baratet war in den Diebstahl eingeweiht. Von meiner Zugehörigkeit zur Gestapo hatte er keine Ahnung, wußte aber, daß ich Schwarzmarktgeschäfte machte und daß ich die Bilder Jorissen schenken wollte. Angeblich, weil dieser Typ mir einträgliche Geschäfte verschaffen könnte. Vom Schloß von Erougeules sind die Bilder zu Baratet gewandert. Wie ich dir schon erzählt habe, gaben mir am Tag nach der Operation diese Résistance-Leute einige Nüsse zu knacken. Nachdem ich die Sache geregelt hatte, hatte Jorissen einen Auftrag zu erledigen. Und genau das war Pech! Ohne diese Verzögerungen hätte ich vielleicht Jo den Tätowierten umgelegt, und Baratet, Suzanne und Pedro Esteban wären noch am Leben ... und du auch. Während einer Unterhaltung sagte Baratet zu mir: „Ich kenne Jorissen. Er ist zu blöd, um einen Salvador Dalí von einem Chris Lénier zu unterscheiden ..." Und er schlug vor, von den Renoirs Kopien herzustellen, so daß wir die Originale wieder an ihren Platz schaffen könnten. Ich frage mich, aus welchem Grund er das wollte. Kurz und gut, ich ließ mich scheinbar überzeugen. Baratet wußte nicht, daß wir Jo nicht mehr hatten, um ins Schloß zu kommen. Was mich betraf, so sagte ich mir, daß es gar nicht so schlecht wäre, die Originale zu behalten – als eine Art Versicherung für später, wenn ich die Affäre in ein gewisses Licht rücken könnte. Und Baratet machte sich an die Arbeit. Zumindest behauptete er das. Die Sache kam kaum vorwärts. Sie war schwierig, da stimme ich zu, aber trotzdem! Ich verlor die Geduld und ließ mich zu Drohungen hinreißen. Er schwor mir, bald in der Lage zu sein, mich die Meisterwerke bewundern zu lassen. Zu dieser Zeit hatte ich ziemlich viel zu tun. Der Widerstand rührte sich mächtig. Ich war oft fort. Nach der Landung der Yankees schließlich fühlte ich, daß ich bald verschwinden müßte. Viele Agenten waren verjagt worden. Jorissen konnte mir helfen. Ich brauchte die Renoirs ... Am 10. August sagte mir Baratet, daß irgendetwas in seinem Atelier vorgefallen und alles zerstört sei, Originale und Kopien. Außer mir vor Wut nutzte ich es aus, daß Baratet mir den Rücken zukehrte, und erstach ihn. Alles weitere geschah so, wie du es dir vorgestellt hast ... Und jetzt ...

Er erhob sich.

– Einen Moment noch, bat ich. Als ich dich heute in deiner Wohnung traf, wußte ich, daß etwas Entscheidendes geschehen würde. Tatsächlich wurde ich dir durch mein hartnäckiges Detektivspiel gefährlich ...

– Vor allem, weil du manchmal die Wahrheit entdeckst, ohne es zu wollen und sogar ohne es zu wissen, unterbrach er mich fidel.

– Was meinst du damit?

– Nichts. Mach weiter.

– ... Ich flößte dir die gleiche Furcht ein wie an dem Abend bei Ratier. Es war klar, daß du nicht untätig bleiben würdest. Und durch deinen Versuch, mir etwas anzutun, würdest du den endgültigen Beweis für die Richtigkeit meiner Theorie liefern. Ich meine damit, daß ich bei allen deinen Vorschlägen mitmachen mußte. Dabei war ich mir der Gefahr übrigens bewußt und hatte mich mit einem Revolver versorgt ...

– Er hat dir wirklich viel genutzt!

– Ja, leider! ... Also, ich war entschlossen, auch die verrücktesten deiner Vorschläge zu akzeptieren. Es war der

Preis für deine Überführung. Wenn das aber nicht der Fall gewesen wäre? ... Dieser Baptiste Givert, der eine Schreibmaschine klaut und sie demjenigen wiederverkauft, dem er sie gestohlen hat – empfindest du diesen Zufall aus deiner Sicht nicht auch als etwas zu starken Tobak?

– Klar doch, aus *meiner* Sicht. Aber ich habe es nicht aus *meiner* Sicht gesehen, sondern aus *deiner* ... Du bist so sehr gewohnt, deine Bücher mit seltsamen Fügungen und Zufällen zu spicken, und hattest erst kürzlich erlebt, daß auch die Wirklichkeit nicht frei davon ist; so war es unvermeidlich, daß die Identität von Petit-Chardon – Gronard, wie sehr an den Haaren herbeigezogen das auch sein mochte – dich genügend verblüffen würde, um deine Neugier anzustacheln und dich in den nächtlichen Streifzug einwilligen zu lassen.

– Nicht schlecht kalkuliert, rief ich aus. Selbst wenn ich mir nicht vorgenommen hätte, alles mitzumachen, glaube ich, daß ich mitgemacht hätte.

Er brach in Gelächter aus.

– Ich bilde mir ein, dich sehr gut zu kennen, mein Alter. So gut sogar, daß es wirklich keinen Grund mehr gibt, deinen Charakter noch länger zu studieren. Danke für diesen angenehmen Abend, Monsieur Bill Lantelme. Ich wünsche Ihnen ebenso reizende dort, wo ich Sie jetzt in Begleitung von Herrn Hans Verden hinbefördern werde ... Eine echte französisch-deutsche Annäherung!

Immer noch lachend ging er zu dem Tisch, auf dem die schwere Mauser lag. In diesem Moment knisterte der Kerzendocht, das Licht flammte noch einmal hell auf und erstarb, die Luft verpestend. Das tat der Heiterkeit des Mörders keinen Abbruch:

– Habt keine Angst im Dunkeln, meine Lämmchen! Ich werde euch doch nicht ohne Licht abmurksen, so, als ob ich mich dafür schämen würde. Ihr braucht, wenn schon keine Altarkerze, so doch zumindest ein kleines Teelicht. In dem Schrank dort ist noch ein Stummel. Ich werd' ihn anzünden.

Im selben Moment warfen drei mächtige Taschenlampen wie auf Kommando ihre hellen Lichtkegel durch den

Raum. Einer war ganz nah bei Marcel, die anderen auf die Treppe gerichtet.

– Mach dir nicht die Mühe, sagte jemand.

Noch nie hatte mir das Organ eines Polypen so lieblich in den Ohren geklungen. Es war die Stimme von Jules Magrenotte.

Kapitel XXIV
Der Kreis schließt sich

Ich saß in einem Sessel, meine Glieder schmerzten noch von den Fesseln. Simone kühlte mir die Schläfen. Zwei Kerzen beleuchteten die Szene. Abgesehen vom Hauptinspektor waren Kommissar Beaufort und ein subalterner Bulle mit von der Partie. Marcel saß in einer Ecke. Der Stahl seiner Handschellen reflektierte das Licht der Taschenlampen. Finster und niedergeschlagen saß Hans Verden in einer anderen Ecke auf einem Stuhl. Man hatte ihm die Fesseln abgenommen. Manchmal warf er einen scheelen Blick auf den Mörder und anschließend auf die Polizisten. Sein Gesicht drückte die bitterste Enttäuschung aus. Er war um seine Rache gebracht worden und außerdem Kriegsgefangener.

– Ich bin ohnmächtig geworden, was? flüsterte ich. Vor Freude. Ich habe nicht mehr geglaubt, daß Sie kommen. Mehr als eine Stunde habe ich mit dem Tod gespielt. Das macht einen fertig. Eine gute Idee, Bill Lantelme zu spielen, um Zeit zu gewinnen. Ich hab' mich die ganze Zeit gefragt, wo Sie bleiben. Aber dann haben Sie doch noch rechtzeitig eingegriffen. Das ist die Hauptsache. Aber, guter Gott, sofern es nicht verboten war, Auto zu fahren, müßt ihr unterwegs eine Panne nach der anderen gehabt haben ...

– So übermäßig viele waren's nicht, antwortete Margenotte, ganz Unschuldsengel. Aber wissen Sie, als Ihre Frau mit Ihrem Bericht zu mir kam ...

– Sagen wir: Manuskript, korrigierte Beaufort. Das klingt mehr nach Schriftsteller.

– Ja, Ihr Manuskript ...

Ich unterbrach ihn, um mich bei Marcel für einige Auslassungen zu entschuldigen. Zuerst einmal war die Quelle vieler Informationen nicht der Vogel Loiseau gewesen, sondern die Vögel vom Quai des Orfèvres; außerdem hatte ich die Theorie, so stolz war ich darauf, schriftlich niedergelegt; und Simone hatte ich in meine Überlegungen eingeweiht; in dem kleinen Bistro neben der Wohnung des Mörders hatte sie Schmiere gestanden, mit dem Auftrag, die Polizei zu alarmieren und in die Wohnung zu kommen, um nachzusehen, womit wir uns die Zeit vertrieben, falls ich nach einer bestimmten Zeit nicht wieder herunterkäme. Als ich zum Telefonieren hinunterging, war es übrigens bereits höchste Zeit, sie wiederzusehen. Apropos Telefon, so war ich nicht darauf hereingefallen. An der Schnur ziehend, hatte ich bemerkt, daß der Stecker herausgezogen war und begriffen, worauf das hinauslaufen sollte. Aber das Manöver fiel letztendlich auf den Urheber zurück, weil es mir erlaubte, die Wohnung zu verlassen, was ich ohnehin gerade wollte. Denn ich mußte natürlich Simone mit allen Informationen bezüglich des nächtlichen Abenteuers versehen.

Diese Ergänzungen würdigte Marcel keiner Antwort.

– Er ist völlig fertig, meinte Magrenotte, wobei er ihm leicht auf die Zehen trat.

Und dann war es am Inspektor zu reden. Er tat es, ohne sich selbst zu schonen und klagte sich an, einer der Gründe für die verspätete Hilfe zu sein. Spät in sein Büro zurückgekehrt, hatte ihn die Lektüre meiner Streitschrift nicht überzeugt. In seinen Augen machte ich mich weiter über die Bullen lustig. Außerdem warf er mir auch jetzt noch Verheimlichungen vor. (Ich setzte ein bekümmertes Gesicht auf. Wenn er gewußt hätte, daß selbst in der aufrichtigen Darstellung der Fakten und ihrer Interpretation noch ein Detail fehlte: die fünftausend Mäuse von Baratet ...) Kurz und gut, er war nahe daran gewesen, Simone die Freuden des Kittchens kosten zu lassen, als der schicksalhafte Kommissar Beaufort unvermutet dazugekommen war. Dieser brachte ein Dokument mit, das einschlug wie eine Bombe und das Geschriebene bestätigte:

La jeune fille von Renoir, das Philippe Gronard nicht länger behalten zu dürfen glaubte. Sofort machten sie sich auf den Weg. Die zwei Pannen unterwegs hatten die Sache nochmals verzögert, dennoch waren sie schon einige Zeit dagewesen, bevor sie es für angebracht hielten einzugreifen. Sie hatten am Treppenabsatz gekauert und einen Großteil meines Berichtes gehört, inklusive Marcels Geständnisse in den hinzugefügten Erklärungen.

Daraufhin gratulierten wir uns gegenseitig. Alle waren froh, einen Schwerverbrecher dingfest gemacht zu haben und die Schätze des Louvre bald wiederzubekommen. Nach einer Weile äußerte Prosper Beaufort den Wunsch, die Örtlichkeiten zu räumen. Ob es mir wieder besser ginge? Ich wollte gerade mit ja antworten, als sich ein neuerlicher Zwischenfall ereignete, der mich beinahe wieder ohnmächtig werden ließ

Marcel war weniger k.o., als es den Anschein hatte. Plötzlich sprang er von seinem Sitz auf und trat den Polizisten, der sich neben ihm in den Zähnen stocherte, mit voller Wucht in den Bauch. Mit einem Satz war er am Tisch. Ich sah, wie seine von den Handschellen gefesselten Hände die Mauser schnappten, die die Inspektoren leichtsinnig dort hatten liegen lassen. Mit den Beinen stürzte er das Möbelstück um. Die Kerze erlosch, als sie auf den Teppich fiel. Lichtkegel irrten durch den Raum. Schüsse knallten. Simone stieß einen Schrei aus. Sie war aber nicht getroffen. Getroffen war Beaufort. Er fiel hin, und seine Lampe zerbrach. Ich hörte, wie der Stoff des schwarzen Vorhangs, der vor dem Fenster hing, riß. Scheiben klirrten. Das alles im Bruchteil einer Sekunde.

Frische Nachtluft drang in den Raum, es roch nach üppiger Vegetation und Wasser.

– Schnappen wir ihn! schrie Magrenotte, als ob er eine Truppe befehligte.

Doch er war allein auf weiter Flur; Beaufort war verletzt, der verprügelte subalterne Polyp krümmte sich Sternchen zählend in einer Ecke, ich war kaum in der Lage zu heftigen Übungen und Simone überhaupt nicht.

Als Magrenotte sich auf die Terrasse stürzte, sah ich im

Lichtkegel seiner Taschenlampe den wilden Kampf zweier ineinander verschlungener Körper. Marcel verteidigte sich mit den Beinen. Durch die Handschellen waren seine Hände unbeweglich, er umklammerte und würgte Hans Verdens Hals mit seinen Armen. Der an seinen Gegner geschmiedete Deutsche prügelte ihm mit einer Faust in die Seiten, während die andere enorme und furchtbare Pranke nach Wirbeln zum Brechen suchte.

Das Ganze dauerte nicht länger als eine Sekunde! Magrenotte war noch nicht bei ihnen, als ein Bersten den Tumult der Schlägerei übertönte. Unter den Stößen der rasenden Männer gab das Holzgeländer des Balkons nach. Man hörte einen lauten Plumps.

Von seinem Eifer fortgerissen, wäre der dickhäutige Hauptinspektor ihnen beinahe in die Seine nachgesprungen.

Einige Tage später hatte ich eine Unterredung mit Philippe Gronard. Mein Verleger schien überaus geschmeichelt zu sein, daß ich ihn so lange verdächtigt hatte. Die Episoden der erwürgten Katze und des lachenden Blinden konnte er aufklären. Auch auf die Gefahr hin, daß ich mir eine Herzkrankheit zuzog, hatte er sie veranstaltet, um mich in einem Zustand permanenter intellektueller Erregung zu halten, wegen der famosen Ermittlung. Er hatte eine Bombengeschichte gewittert. Schon auf den ersten Blick war ihm der Renoir echt erschienen. Da er aber wußte, daß das Bild zur Louvre-Sammlung gehörte, war er perplex. Diskret hatte er Fachleute konsultiert, die zu dem selben Schluß gekommen waren wie er. Deshalb hatte er das Bild zurückgegeben, genau zur richtigen Zeit sogar, wie man gesehen hat.

Was die Schreibmaschine betraf, so hatte er sie vor einigen Monaten bei einem „fliegenden" Flohmarkthändler gekauft, der unauffindbar sei. War sie zwischen 1938 und 1944 Marcel gestohlen worden, oder hatte dieser sie, zusammen mit anderen, aus seinen verbrecherischen Umtrieben stammenden Beutestücken abgestoßen? Das blieb ein Geheimnis.

Ganz aus dem Häuschen vor Freude war mein Verleger darüber, wegen dieser Schreibmaschine von einem echten Mörder besucht worden zu sein. Ein *echter!* Und er betonte das Adjektiv. Er fühlte sich überaus geehrt. Ein echter Mörder! *(Meine Mörder hielten selbstverständlich dem Vergleich nicht stand.)*

– Sie hätten das weniger lustig gefunden, wenn ich in der Nacht neulich umgelegt worden wäre, sagte ich. Sein Plan war, Ihnen das Bild wieder abzunehmen. Und da Sie es nicht mehr hatten, hätte er sich statt mit Malerei mit Ihrer Anatomie befaßt ... und zwar mit dem Messer ... oder einer Pistole.

Er wechselte das Thema:

– Jetzt, sagte er, müssen Sie doch alles zusammenhaben, um etwas Gepfeffertes über den Fall zu schreiben, nicht wahr? Erinnern Sie sich an unseren Plan? Der Roman plus den Bericht des Detektivs ...

– Der Fall ist noch nicht abgeschlossen, wandte ich ein.

– Nicht abgeschlossen? Immer noch Vorwände, um sich zu drücken?

– Er wird nicht eher abgeschlossen sein, als bis das dritte Bild wieder da ist.

Die Polizei hatte *La jeune fille* sichergestellt und bei Lepain *La Baigneuse.* Es fehlte *Le Coin de Jardin.* Teufel, wenn man doch nur die winzigste Idee hätte, wo Baratet es versteckt haben könnte.

– Herrgottsakramento, heulte Philippe Gronard los, suchen Sie es. Worauf warten Sie noch?

Worauf ich wartete? Auf eine Inspiration.

Sie kam eines Morgens und ließ mich die Augen ein wenig verdrehen. Ich ging hinunter, um Magrenotte anzurufen:

– Wußten Sie, daß Baratet einen Film über die Auvergne gemacht und den Vorhang im *Bobino* gemalt hat? fragte ich. Ich erinnere Sie nicht einfach nur so an diese Details. Der Film hat ihm das Versteck für einen Renoir geliefert. Bei dem Ehepaar *Renouardt,* hinter einem Farbdruck, der *Renards,* Füchse, darstellte. Ich bin davon überzeugt, daß sich auf dem Vorhang der betreffenden Music-

Hall etwas Analoges findet. Ein ähnlicher Einfall, verstehen Sie? Neulich, in der Nacht in Maisons-Laffitte hatte Marcel nach einer Gedankenassoziation plötzlich ausgerufen: „Der Vorhang". Er war so zufrieden, daß er mir noch eine weitere Viertelstunde Aufschub gab. Dieselbe Gedankenassoziation hatte ich heute morgen mit ein wenig Verspätung selbst. An Ihrer Stelle würde ich mir diesen Vorhang mal ein wenig näher ansehen. Das Etablissement ist zwar geschlossen, aber Sie müßten ja die Möglichkeit haben, hineinzukommen ...

Noch in derselben Nacht weckte der Inspektor meinen Nachbarn, denjenigen, der einen Telefonanschluß hat, um mir zu sagen:

– Das war's. Sie haben den siebten Sinn. Wir haben das dritte Bild gefunden. Es war ins Innere des Bühnenvorhangs gesteckt, genau hinter die Werbetafel für *Jardin de ma soeur*, eine Tanz-Bar des Viertels. Sagen Sie mal, ich werde meine Vorurteile gegen Autoren von Kriminalromanen wohl korrigieren müssen ...

– Um so besser. Ist der Fall also abgeschlossen?

– Ja. Um so mehr, als wir einige Ex-Milizionäre geschnappt haben, die uns klar den Eindruck machen, an den Expeditionen von Fontenay und Garabit beteiligt gewesen zu sein ... Ach! Und dann ist da noch Baptiste Givert, den haben wir ebenfalls erwischt, heute nachmittag. Givert ist nicht sein richtiger Name. Er ist ein unverbesserlicher Kollabo. Und natürlich genausowenig Dienstbote wie Sie oder ich, sondern ein auf diese Rolle spezialisierter Schauspieler.

– Das habe ich mir gedacht.

Jules Magrenotte räusperte sich:

– Ich sagte Ihnen, daß der Fall abgeschlossen sei ... Das heißt ... hm ... ich brauche Sie noch einmal, morgen.

Das seitliche Fenster war wegen der Verdunklung blau getüncht worden. An der Decke des kalten, nackten Raumes brannte mit der Leuchtkraft einer Altarkerze eine bleiche Lampe. In dem Aquarienlicht, hinter der großen, dicken Glasscheibe, bewegten sich die Männer im Kittel schweigend. Die Wörter, die von ihren Lippen kamen, drangen nicht zu uns.

Die Särge wurden aus ihren Wandvertiefungen gezogen und vor uns gerollt. Als ein schwerer Lastwagen in der nahegelegenen Straße vorbeifuhr, bebte der Boden unter unseren Füßen. Gleichgültig hob ein Angestellter die Sargdeckel hoch, und vor uns tauchten die Ertrunkenen auf, aufgebläht und grünlich.

Die Handgelenke Marcel Lepains trugen noch immer die Quetschspuren der Handschellen. Sein Gesicht war erschreckend verzerrt, aber erkennbar. Die Haare klebten ihm auf der Stirn.

Die blonden Haare der zweiten Leiche wirkten wie gekämmt. Trotz seiner Häßlichkeit lag auf dem Gesicht ein Ausdruck von Befriedigung. Die hervorquellenden Augen waren von blauer Sanftheit.

– *Lebe wohl,* Hans Verden! sagte ich.

Juni 1945

NACHWORT

Es passiert nicht gerade häufig, daß ein Krimi-Autor in spe selbst ein Verbrechen aus nächster Nähe miterlebt und dieses später in einem seiner Werke verarbeitet. Léo Malet jedoch warnt in seiner Vorbemerkung zum *Letzten Zug von Austerlitz:* „Im Gegensatz zur üblichen Formulierung sind in diesem Roman nicht alle Personen frei erfunden – auf daß Gott, oder der Teufel, die seinen erkenne."

Bei der Lektüre des Buches werden diejenigen, die das bewegte Leben Léo Malets kennen, schnell erraten haben, welche Begebenheit den Autor inspirierte: Es war selbstverständlich das tragische Verschwinden des jungen deutschen Trotzkisten Rudolf Klement, dessen Leichnam zerstückelt aus der Seine geborgen wurde.

Für interessierte Leser, die am kleinen Spiel von Dichtung und Wahrheit in Malets Kriminalroman teilhaben möchten, sei hier zunächst der Verlauf der Affäre Klement grob skizziert:

Rudolf Klement, ein Student aus Hamburg, hatte 1933 als Sekretär für Leo Trotzki gearbeitet, während dessen Exil auf der türkischen Insel Prinkipo. 1938 wohnte er in Maisons-Alfort, einem Vorort von Paris, unter dem falschen Namen Emile Schmitt und verwaltete das Büro der IV. Internationale[1]. Victor Serge beschreibt ihn in seinen Memoiren[2] als einen „mageren und blassen, ärmlich gekleideten jungen Mann mit länglichem Gesicht, der einen Kneifer vor den durchdringenden und zurückhaltenden grauen Augen trug."

Marcel Hic, Mitglied des Zentralkomitees des POI[3], hatte den damals in dieser trotzkistischen Partei organisierten Léo Malet gebeten, sein Atelier in der rue de Vanves zur Verfügung zu stellen, damit Klement dort tagsüber arbeiten könne. Am 11. Juli

1 Die IV. Internationale war 1938 von Trotzki in Mexiko gegründet worden, als Gegenorganisation zur stalinistischen III. Internationale (Komintern).

2 Victor Serge, *Erinnerungen eines Revolutionärs* (1901—1944), Nautilus, Hamburg 1991, S. 388 (OA: Mémoires d'un révolutionnaire (1901—1944), du Seuil, Paris 1978).

3 Parti ouvrier international, französische Sektion der IV. Internationale.

1938 verabschiedete sich Rudolf Klement gegen 18 Uhr von Léo Malet und dessen Lebensgefährtin Paulette. Die beiden sollten ihn nie wiedersehen.

Am 15. Juli suchte Yvonne Filiâtre, sehr beunruhigt darüber, daß sie den jungen Deutschen seit einigen Tagen nicht mehr gesehen hatte, sein Quartier auf. Da es auf ihren Namen gemietet worden war, besaß die Genossin Klements einen Zweitschlüssel für das Zimmer – in dem jedoch nichts auf einen überhasteten Aufbruch hindeutete: die Kleidung war ordentlich zusammengelegt, Brieftasche und Paß lagen in einer Schublade, eine Mahlzeit stand vorbereitet auf dem Tisch.

Am nächsten Morgen erhielten zwei Funktionäre des POI, Pierre Naville und Jean Rous, maschinengeschriebene Kopien eines angeblich von Klement verfaßten Abschiedsschreibens an Trotzki. Der Brief, in dem von Trotzkis „Kollaboration mit dem Faschismus" die Rede ist, erinnerte an die plumpesten stalinistischen Verleumdungen und an die zurechtgezimmerten Anklagen der Moskauer Prozesse. Er war am Vortag in Perpignan aufgegeben worden, einer Stadt an der spanischen Grenze, in der es von russischen Agenten und anderen zwielichtigen Gestalten nur so wimmelte. Außerdem fiel auf, daß der Brief auf russische Weise adressiert war, d.h. der Name der Stadt stand vor dem Straßennamen – eine Form, die Klement niemals gewählt hätte. Im Text wurden zudem Personen bzw. ihre politischen Funktionen verwechselt, und einige Namen waren falsch geschrieben. Schließlich war der Brief mit dem Decknamen „Frédéric" unterzeichnet, den Klement schon seit längerer Zeit durch „Camille" ersetzt hatte.

Für die trotzkistischen Aktivisten gab es nicht die geringsten Zweifel, daß Rudolf Klement von der GPU[4] entführt worden war und daß man sich über sein Schicksal keinerlei Illusionen zu machen brauchte. Die Liste der von der stalinistischen Geheimpolizei im ausländischen Exil Ermordeten war bereits lang ... Der Journalist Marc Rhein, Sohn des Menschewiken-Führers Abramowitsch, die italienischen Anarchisten Beneri und Barbieri, Andrés Nin, Vorsitzender des POUM[5], die Trotzkisten

4 Politische Polizei der UdSSR, 1922 aus der Tscheka hervorgegangen. Die Funktion der GPU übernahm später der KGB.

5 Partido Obrero de Unificaciòn Marxista, wichtigste linksradikale Partei während des spanischen Bürgerkrieges, deren Mitglieder von den Stalinisten verfolgt wurden.

Erwin Wolf und Hans Freund, der österreichische Sozialist Kurt Landau – sie alle waren im Laufe des Jahres 1937 von den Stalinisten in Barcelona, wo die Agenten der GPU auch in der Folgezeit ungehindert operieren konnten, verschleppt und ermordet worden.

Am 5. September 1937 hatte die Schweizer Polizei auf der Straße nach Chamblandes, in der Nähe von Lausanne, den von Kugeln durchsiebten Leichnam des Ignaz Reiß (alias Ludwig) gefunden. Der Überlaufer von der GPU hatte sich, entsetzt über die Moskauer Prozesse, entschieden, Kontakt mit der IV. Internationale aufzunehmen.

Und sechs Monate vor dem Verschwinden Klements war Trotzkis eigener Sohn, Leo Sedow, den man gleich während des ersten Moskauer Prozesses in Abwesenheit zum Tode verurteilt hatte, unter fragwürdigen Umständen in einer Klinik bei Paris gestorben. Später stellte sich heraus, daß die Leiter der Klinik, angeblich Weißrussen, GPU-Agenten gewesen waren.

Als Flußschiffer am 23. August 1938 unter einer Brücke bei Meulan den in ein Paket verschnürten Rumpf eines Mannes aus der Seine fischten, baten die Führer des POI den zuständigen Untersuchungsrichter sofort um Erlaubnis, die Überreste der Leiche sehen zu dürfen. Die Untersuchung der Hände des Opfers, dessen feine Finger durch ihre ausgeprägt spatelförmigen Enden auffielen, überzeugte Pierre Naville und Jean Rous –„soweit man irgendwie sicher sein konnte" –, daß es sich um die Überreste ihres Genossen Rudolf Klement handeln mußte.

Eine bei der Identifizierung der Leiche anwesende junge Frau glaubte jedoch, ihren Bruder Pierre Madiec wiederzuerkennen. Der ehemalige Schlachtergehilfe wurde seit dem 1. August vermißt.

Unterdessen erhielt Trotzki in Mexiko das Original des angeblich von Klement verfaßten Schreibens; es war in New York aufgegeben worden. Obwohl die Schrift der von Klement ähnelte, hielt ein Spezialist eine Fälschung für wahrscheinlicher. Letztlich kamen zwei Erklärungen in Betracht: Entweder hatte sich Klement geweigert, den Brief zu schreiben, und seine Entführer – mehr oder weniger geschickte Fälscher – hatten das Schriftstück selbst angefertigt; oder Klement hatte gezwungenermaßen, vielleicht unter dem Druck der Folter, nachgegeben und den Brief geschrieben, hatte absichtlich Fehler eingebaut und mit einem überholten Decknamen unterschrieben, um seine Genossen zu warnen.

Die kommunistische Presse in Frankreich – *L'Humanité* und *Ce Soir* –, die sich seit Beginn der Ermittlungen darum bemühte, Spuren zu verwischen und Daten zu verfälschen, behauptete, man habe Klement beim Überqueren der spanischen Grenze in Perpignan gesehen, in Begleitung eines „blonden jungen Mannes" (eines Naziagenten, versteht sich). Sie unterstützte mit energischem Nachdruck die These, daß es sich bei der Leiche um den verschwundenen Schlachtergehilfen Madiec handeln müsse. Als dieser letztere, der in Wirklichkeit an Gedächtnisschwund litt, am 15. September plötzlich wieder auftauchte, schloß *L'Humanité* zynisch: „Ende gut, alles gut ..."

Léo Malet seinerseits bat ebenfalls darum, den namenlosen Rumpf sehen zu dürfen, und erhielt am 10. September im Pariser gerichtsmedizinischen Institut Gelegenheit dazu. Unser Autor, damals noch ein surrealistischer Dichter, ahnte zu diesem Zeitpunkt natürlich nicht, daß er die makabere Szene eines Tages als Auftakt für einen Krimi verwenden würde.

Am 15. November holte man bei Gargenville die Beine des Toten aus der Seine. Sie steckten in einem Sack, der jenem ähnelte, in dem der Rumpf gefunden worden war. Der Kopf dagegen blieb verschollen.

Bis vor kurzem noch waren die genauen Umstände der Entführung und Ermordung Rudolf Klements nicht bekannt, ebensowenig die Namen seiner Mörder. Doch 1994 veröffentlichte ein früherer hochrangiger Mitarbeiter des KGB, Pavel Sudoplatow, seine Memoiren[6], in denen er das Geheimnis zumindest teilweise aufdeckt. Sudoplatow zufolge waren für die Ermordung Klements ein von der GPU engagierter Killer – ein ehemaliger Offizier der türkischen Armee, dessen Namen er nicht angibt – und der sowjetische Agent Alexander Korotkow[7] verantwortlich. Dieses Gespann war auf die Erledigung grober Arbeiten spezialisiert und hatte bereits den abtrünnig gewordenen Statthalter der GPU in Istanbul, Georgi Agabekow, liquidiert. Sudoplatow berichtet:

6 Pavel Sudoplatow, *Handlanger der Macht*, Econ, Düsseldorf 1994. (In der deutschen Ausgabe fehlt der hier zitierte Absatz.)

7 Korotkow leitete später die Abteilung „Untergrund" innerhalb der Führungsspitze des KGB in den 50er Jahren.

„Der Türke und Korotkow erledigten 1938 noch einen weiteren Mordauftrag. Unser junger Agent Alexander Taubmann[8], bekannt unter dem Namen „Schlingel", war ein litauischer Jude, der das Vertrauen des Chefs (sic) der trotzkistischen Organisation in Europa, des Sekretärs der sogenannten IV. Internationale, Rudolf Klement, gewonnen hatte. Taubmann war eineinhalb Jahre lang Klements Assistent. Eines Nachts schlug er dem Deutschen vor, ihn zu einem Abendessen bei Freunden zu begleiten. Er brachte Klement in eine Wohnung am Pariser Boulevard Saint-Michel, wo der türkische Offizier und Korotkow sie erwarteten. Der Killer erstach Klement, schnitt seinen Kopf ab und steckte seinen Rumpf in einen Koffer (sic), den er in die Seine warf. Die kopflose Leiche wurde aufgefunden und von der französischen Polizei identifiziert; Taubmann, Korotkow und der Türke aber befanden sich längst auf dem Rückweg nach Moskau.

Bei ihrer Ankunft verlieh man ihnen Orden; ich trug die Verantwortung für ihren weiteren Werdegang. Der Türke wurde zur Überwachung einer konspirativen Wohnung in Moskau eingesetzt. Man änderte den Namen Taubmanns in Semionow und ließ ihn am Institut der chemischen Industrie Ingenieurwissenschaften studieren. Korotkow arbeitete weiterhin als Agentenführer und stieg in der Hierarchie schnell auf."

Sudoplatow verrät zwar, wie Klement starb, aber er nennt kein überzeugendes Motiv für den Mord. Rudof Klement war ein eifriger Bürokrat, der, nach Victor Serge, „eine fanatische Tätigkeit entwickelte, um eine schwache Organisation ins Leben zu rufen."[9] Doch im Gegensatz zu den Behauptungen Sudoplatows, die wohl die Jagdtrophäe aufwerten sollen, war Klement nicht „Chef der trotzkistischen Organisation in Europa" und somit keine eminent wichtige Persönlichkeit. Welchen Grund also hatte die GPU, Rudolf Klement töten zu lassen?

Léo Malet[10] hatte immer eigene Vermutungen, was das Motiv für die Beseitigung Klements betraf. Er hielt es für bemerkens-

8 Den *Cahiers Léon Trotsky* (Sonderheft „Les procès de Moscou dans le monde", Juli—September 1979) zufolge, nannte Yvonne Filiâtre den mit der Untersuchung befaßten Beamten einen verdächtigen Litauer namens Kauffmann, der Klement häufig aufgesucht habe. Dieser Kauffmann oder Taubmann war also nicht Klements „Assistent", wie Sudoplatow behauptet.

9 Serge, a.a.O, S. 388.

10 Léo Malet, *Stoff für viele Leben*, Nautilus, Hamburg 1990.

wert, daß der Mord zeitlich zusammentraf mit dem Auftauchen eines gewissen Jacques Mornard, der sich als belgischer Journalist ausgab. Dieser Mann schaffte es, indem er eine Aktivistin der POI verführte, in Mexiko die Gunst Trotzkis zu gewinnen. Und Mornard war kein anderer als der fanatische Stalinist Ramòn Mercader, der am 20. August 1940 den „Alten" in seiner befestigten Villa in Coyoacàn mit einem Eispickel erschlug.

Für Malet stellt sich daher die Frage, ob Rudolf Klement nicht Anlaß hatte, den falschen Mornard zu verdächtigen, so daß die Beseitigung des jungen Trotzkisten für die GPU notwendig wurde, um einer möglichen Enttarnung ihres Maulwurfs zuvorzukommen. Letzterer konnte auf diese Weise sein geduldiges Graben beginnen und schließlich Stalins subtilste Rache ausführen: Die Ermordung Trotzkis. In einem Buch von Julian Gorkin, daß eben diesen Titel trägt, erfährt man, daß Ramòn Mercader sich gegenüber Jake Cooper, Trotzkis amerikanischem Sekretär in Mexiko, rühmte, Rudolf Klement und Leo Sedow sehr gut gekannt zu haben. „Könnte man aus diesen Angaben nicht schließen, daß er an den Verbrechen beteiligt war, bevor er seine unheilvolle Laufbahn in Mexiko beendete?" fragt sich auch Julian Gorkin.[11]

*

Aber welches auch der wahre Anlaß für den Mord gewesen sein mag: als Léo Malet in seinem *Letzten Zug von Austerlitz* aus der Affäre Rudolf Klement die Affäre Karl Verden machte, zögerte er nicht, seine Spekulationen für die Konstruktion des Kriminalfalles zu verwenden. Der im Exil lebende Widerstandskämpfer Karl Verden wird eben deshalb von Nazi-Agenten umgebracht, weil er einen französischen Gestapo-Mann enttarnte, der sich in die den spanischen Bürgerkrieg unterstützende anarchistische Bewegung eingeschlichen hatte. Warum aber ersetzte Malet die GPU durch die Gestapo?

Der Autor präzisiert heute: „In diesem Roman wird die Gestapo angegriffen, aber für mich handelte es sich in Wirklichkeit

11 Julian Gorkin nimmt das Eindringen Mornard-Mercaders in den Kreis der französischen Trotzkisten schon für das Frühjahr 1938 an (vgl. *Die Ermordung Trotzkis*), während Sudoplatow es auf den September 1938 festlegt, was die Vermutungen Gorkins und Malets widerlegen würde.

um die GPU. Gestapo oder GPU – das ist das gleiche! Und die GPU war noch schlimmer, weil sie ein außergewöhliches Ideal in den Dreck gezogen hat."

Die Schwierigkeiten lagen für Malet in den wirren politischen Verhältnissen, die in Frankreich herrschten, als er im Juni 1945 seinen Roman schrieb.[12] Nach der Befreiung waren die französischen Kommunisten, die in der Résistance ihren lädierten Ruf wiederhergestellt hatten und die sich zu Unrecht als „Partei der zwanzigtausend Füsilierten" bezeichneten, die stärkste politische Kraft, und ihr Einfluß überwog bei weitem das Potential ihrer Wählerschaft. Sie übernahmen wichtige Positionen in den Säuberungskomitees, die mit der Verfolgung von Kollaborateuren bzw. Personen, die dafür gehalten wurden, beauftragt waren. Die französische Verlagswelt stand unter der Knute des Nationalkomitees der Schriftsteller. Dieses Säuberungskomitee wurde von Kommunisten beherrscht, unter ihnen Louis Aragon, Elsa Triolet und Paul Éluard. Léo Malet hatte sich mit letzterem während des Krieges zerstritten – wegen eines Textes, in dem unser Anarcho-Surrealist die Bombenangriffe der Alliierten kritisierte. Malet hatte vom Balkon seiner Wohnung aus beobachtet, wie die Royal Air Force einen Bombenregen auf die Renault-Fabriken in Boulogne-Billancourt niedergehen ließ, bei dem 500 Zivilisten ums Leben kamen. Selbst gerade Vater geworden, reagierte er darauf ausschließlich emotional, und dieses Erlebnis sowie sein unverbesserlicher Pazifismus veranlaßten ihn, besagten Text zu schreiben und ihn unter den Mitgliedern der dadaistisch-surrealistischen Gruppe „La Main à Plume" kursieren zu lassen. Der Text war auch Éluard in die Hände gefallen, der Malet daraufhin als „Hitler-Trotzkist" bezeichnete.

In dieser angespannten Atmosphäre nach der Befreiung, als französische Stalinisten überall Schlüsselpositionen besetzten, hätte ein Roman, in dem die verbrecherischen Methoden der GPU angegriffen worden wären, wenig Chancen gehabt, einen Verleger zu finden. Malet gesteht aber auch ein, daß es ein wenig feige war, die Geschichte des von der GPU liquidierten Trotzkisten Klement in die Ermordung eines deutschen Anarchisten durch die Gestapo umgemünzt zu haben:

„Nach der Befreiung wollte ich mich nicht kompromittieren, und ich dachte etwas kaufmännisch: Es war günstig, die Gestapo

12 *Der letzte Zug von Austerlitz* wurde aber erst 1948 veröffentlicht, von einem anderem Verlag als dem ursprünglich vorgesehenen.

anzuprangern, also sagte ich mir, gut, prangern wir die Gestapo an. Aber im Kopf hatte ich die Affäre um Rudolf Klement, den Sekretär der IV. Internationale, der von der GPU entführt und zerstückelt worden war, und dessen Leichnam ich im gerichtsmedizinischen Institut in Paris identifiziert hatte. Und dann sagte ich mir – vielleicht in einem Moment, in dem es mir an Inspiration mangelte –, ich kann das verwenden, wenn ich es ein wenig dem Geist der Zeit anpasse. Aber darauf bin ich nicht gerade stolz."

1972 bearbeitete Léo Malet die Affäre Klement noch einmal, dieses Mal als Ausgangspunkt für ein mexikanisches Abenteuer in seinem letzten Krimi *Abattoir ensoleillé*.[13] In diesem Roman erscheint Klement unter seinem richtigen Namen und die tragischen Ereignisse werden unverhüllt dargestellt. Es ist Malets Art, den Kreis zu schließen, seinem ehemaligen Gast eine letzte Ehre zu erweisen und die wahren Mörder zu nennen.

Dennoch – das politische Verbrechen im *Letzten Zug* bleibt plausibel, auch wenn die Mörder nicht mehr rot, sondern braun sind. Die GPU war nicht die einzige Geheimpolizei, die Oppositionelle in Frankreich oder anderswo verfolgte. So wurden zum Beispiel im Juni 1937 in Bagnoles-de-l'Orne die Brüder Rosseli, zwei sozialdemokratische Antifaschisten im französischen Exil, von der rechtsradikalen „Cagoule"[14] erstochen.

Am 9. März 1935 lockte die Gestapo den anti-nationalsozialistischen Journalisten Berthold Jacob in Basel in eine Falle, entführte ihn und brachte ihn in einem Auto in aller Offenheit über die Grenze ins „Dritte Reich". Infolge einer internationalen Protestkampagne mußten die Nazis den Journalisten wieder freilassen. Aber Diktaturen geben ihre Beute nicht so leicht wieder her: Während des Krieges wurde der nach Portugal geflohene Berthold Jacob von Salazars Polizei an die Gestapo ausgeliefert und – ermordet.

Im April 1935, einen Monat nach Jacobs Entführung, kamen in London die deutschen Emigrantinnen Mathilde Wurm und

13 „Schlachthaus in der Sonne"; von diesem Kriminalroman existiert keine Übersetzung.

14 Die „Cagoule" (frz. „Mönchskutte") war eine Geheimorganisation rechtsradikaler Verschwörer in Frankreich, ihr wirklicher Name war CSAR (Comité Secret d'Action Révolutionnaire). Sie wurde finanziert durch die Geheimpolizei des faschistischen Italien, OVRA (Opera di Vigilanza e Repressione Antifascista).

Dora Fabian auf mysteriöse Weise ums Leben. Die Milch, die der Milchmann wie gewöhnlich vor ihrer Tür abgestellt hatte, soll, nachdem der Mann gegangen war, vergiftet worden sein. Dora Fabian war als Sekretärin eines Basler Anwalts nach London gekommen, um die Spur der Entführer Berthold Jacobs zu verfolgen.

Die Geheimpolizeien der totalitären Staaten bedienten sich alle der gleichen Methoden – und beschäftigten dieselben Agenten: Doppel-, manchmal Dreifachagenten, wie im Fall der Entführung des weißrussischen Generals Miller[15] in Paris, die dazu diente, den Schlag vorzubereiten, der zum Prozeß gegen Marschall Tuchatschewski in Moskau führte. Die gefälschten Dokumente, die den sowjetischen Marschall belasten sollten, wurden von der GPU der Gestapo zugespielt, die sich ihrerseits darum kümmerte, sie an den tschechischen Präsidenten Bénès weiterzuleiten, der sie wiederum Stalin[16] unterbreitete. Was ist der phantasievollste Spionageroman gegen die Realität!

*

Wie in allen seinen Büchern hat Léo Malet auch im *Letzten Zug von Austerlitz* noch viele andere persönliche Erinnerungen verarbeitet und den Roman mit Figuren bevölkert, die durch die Menschen aus seiner nächsten Umgebung angeregt wurden.

Zunächst einmal ist der Erzähler, als Autor von Kriminalromanen und ehemaliger anarchistischer Aktivist, unzweifelhaft

15 Diese Entführung, ebenso wie die des Generals Kutiepoff, der unter ähnlichen Umständen verschwand, inspirierte Malet teilweise zu *Boulevards ... Ossements* (ein Roman aus der Serie „Die neuen Geheimnisse von Paris", dt. Titel: „Streß um Srapse").

16 Vgl. das Buch von Walter Krivitsky *Ich war Stalins Agent* (dt., Amsterdam 1940). Krivitsky war der Ex-Chef des sowjetischen Militär-Geheimdienstes in West-Europa. Sudoplatow behauptet, es handle sich um eine haarsträubende Geschichte, die von Krivitsky erfunden wurde. Man muß die Enthüllungen Sudplatows jedoch mit Vorsicht genießen – er ist ein alter, erst seit kurzer Zeit geläuterter Stalinist, dessen Memoiren voller Fehler und Halbwahrheiten stecken, wie es insbesondere ein Artikel in *Time International* vom Mai 1994 aufdeckte. Sudoplatow behauptet auch, daß die sowjetischen Geheimdienste weder etwas mit dem verdächtigen Tod Leo Sedows noch mit dem „Selbstmord" des Generals Krivitsky zu tun gehabt hätten (letzterer war im Februar 1941 mit einer Kugel im Kopf in einem Washingtoner Hotel aufgefunden worden).

ein Selbstporträt. Wie Malet wohnt er in einem Vorort von Paris (im östlichen Fontenay-aux-roses, statt im südlichen Chatillon). Er gehört zu den Stammgästen des Café de Flore in Saint-Germain-des Prés, wie Léo Malet, der hier während der Besatzung für gewöhnlich seine Freunde Prévert, Marcel Duhamel (Begründer der *Série Noire* bei Gallimard) oder Louis Chavance (Drehbuchautor des *Raben* von Clouzot) traf.

Victor Baratet, der zu Beginn der Handlung ermordete Maler, hat einen Film in der Auvergne gedreht, eines der Indizien ist eine Postkarte, auf der das in dieser Region gelegene Viadukt von Garabit abgebildet ist – Léo Malet selbst hatte noch während der Besatzungszeit an der Produktion eines Dokumentarfilms über die Auvergne teilgenommen (*L'Ame de l'Auvergne*, von Eli Lotar).

Ein weiteres Detail, das auf Tatsachen anspielt: Durch die in einer anarchistischen Zeitung publizierten Warnungen vor einem Dieb, der sich in libertäre Kreise eingeschlichen hat, wird Hans Verden aufmerksam und verdächtigt seinen späteren Mörder. Tatsächlich wurde im *Libertaire* in den 20er und 30er Jahren vor Hochstaplern gewarnt, die die Solidarität der Anarchisten ausnutzten ...

Und schließlich hat Malet, genau wie sein Held, wirklich diesen berühmten „letzten Zug von Austerlitz" genommen, jenen letzten Zug, der den Bahnhof von Austerlitz in der apokalyptischen Atmosphäre des August 1944 verließ, kurz bevor die Kämpfe um Paris begannen. Malet und seine Frau wollten zu ihrem Kind, das sie auf dem Land in Pflege gegeben hatten. Léo fühlte sich nicht zum Befreiungskämpfer berufen:

„Als wir zurückkamen, war auch die Ruhe wieder eingekehrt ... Sie hätten mich sicher geholt, um eine Barrikade zu bauen, Scheiße! Ich bin Pazifist, ich war immer gegen den Krieg, dafür mußte ich übrigens auch ins Gefängnis. Der Patriotismus ist wirklich nicht meine Sache.

Also das war dann die dramatische Zündung, ich fand, daß es sich sehr gut machte, den letzten Zug von Austerlitz zu nehmen, daß das ein schöner Titel war. Denn ich habe meine Bücher oft auf einen Titel hin geschrieben. Ich hatte einen Titel und versuchte, eine Geschichte dafür zu finden."[17]

17 Die Aussagen Léo Malets sind Auszüge aus einem kurzen Gespräch, das speziell für dieses Nachwort im März 1994 geführt wurde.

Und noch ein letztes beunruhigendes Detail: Im *Letzten Zug von Austerlitz* ist die Underwood-Schreibmaschine des geköpften Anarchisten Karl Verden eines der Indizien, das den Erzähler auf die Spur der Mörder bringt. Man sollte sich daran erinnern, daß Malet den *Letzten Zug* genauso wie seine anderen Krimis auf eben jener Underwood tippte, die Rudolf Klement in der Wohnung seines Gastgebers zurückgelassen hatte, bevor er den Mördern von der Seine in die Falle ging.

Phil Casoars, September 1994

GLOSSAR

Avenue Foch: Sitz der Gestapo in Paris

Bobino: Kleines Varieté in Paris

Boches: abschätzig für „Deutsche"

Burcev, Vladimir (1862—1942): Publizist, Historiker, enttarnte Provokateure der russischen Geheimpolizei Ochrana.

Claridge: sehr teures Pariser Hotel

corrida de muerte: Anspielung auf den Stierkampf; übertragen: heißer, tödlicher Kampf.

Danger: (Gefahr), Wortspiel: „Manger" bedeutet „Essen".

Darnand, Joseph D., führender Kollaborateur, der mit verschiedenen Gruppen gegen die Résistance kämpfte. Er war Offizier der Waffen-SS.

FAI: Federación Anarqista Ibérica, Iberische Anarchistische Föderation, 1927 gegründet und wichtige Kraft im spanischen Bürgerkrieg.

F.F.I.: Forces Françaises de l'Intérieur, bewaffneter Arm der Résistance, gaullistische Ausrichtung.

„komischer" Krieg: (la drôlette de guerre), volkstümlicher Ausdruck für den „komischen" kurzen Krieg 1939/40 in Frankreich.

Kollabo: Kurzform für Kollaborateur

Lantelme, Bill: Held aus Malets Kriminalromanen

Lothringer Kreuz: Zeichen der Résistance, speziell der gaullistischen Orientierung.

Lotar, Eli: Filmregisseur

Maquis: wörtlich: „Gebüsch", Illegalität

Miliz/Milizionäre: französische Geheimpolizei, Pendant zur Gestapo

Piano: Abteilung für Fingerabdrücke bei der Kriminalpolizei von Paris

Quai des Orfèvres: Sitz der Kriminalpolizei in Paris

R.A.F.: Royal Air Force, britische Luftwaffe

Résistance: Sammelbegriff für die verschiedenen französischen Widerstandsbewegungen gegen die deutsche Okkupation im 2. Weltkrieg.